針

無茶の勘兵衛日月録14

浅黄 斑

時代小説

二見時代小説文庫

蠱毒《こどく》の針——無茶の勘兵衛日月録14

目次

『蠱毒《こどく》の針――無茶の勘兵衛日月録14』の主な登場人物

落合勘兵衛《おちあいかんべえ》……越前大野藩江戸詰の御耳役。若君・直明《なおあきら》の国帰りを護って越前大野へ。

落合孫兵衛《おちあいまごべえ》……勘兵衛の父。越前大野藩の目付。

新高八次郎《にいたかはちじろう》……勘兵衛の若党。主の勘兵衛とともに越前大野へ。

松田与左衛門《まつだよざえもん》……越前大野藩の江戸留守居役。勘兵衛の上司。

松平直明《まつだいらなおあきら》……越前大野藩主・直良《なおよし》の嫡男。次期藩主。父の見舞いで初の国帰り。

伊波利三《いなみとしぞう》……越前大野藩の若君・直明の付家老。勘兵衛の親友。

塩川七之丞《しおかわしちのじょう》……越前大野藩の若君・直明の小姓組頭。勘兵衛の親友。勘兵衛の妻の兄。

縣茂右衛門《あがたもえもん》……越前大野藩で三百石の御供番頭だったが酒で失敗。尾羽打ち枯らす身。

縣小太郎《あがたこたろう》……茂右衛門の嫡男。

越後屋文五郎《えちごやぶんごろう》……越前大野の呉服屋の主。越後高田藩家老・小栗美作の手先。

小栗美作《おぐりみまさか》……越後高田藩の家老。越前大野藩への謀略を推進。

縣嘉一郎《あがたかいちろう》……縣茂右衛門の従兄。越後高田藩の与力（二千石）。

室田貫右衛門《むろたかんえもん》……勘兵衛の姉の夫。越後大野藩の目付。

服部源次右衛門《はっとりげんじえもん》……越後大野藩の忍び目付。越後高田藩の謀略に立ち向かう。

斧次郎《おのじろう》……服部源次右衛門の配下。勘兵衛と源次右衛門の連絡役《つなぎ》。

越前松平家関連図（延宝５年：1677年９月時点）

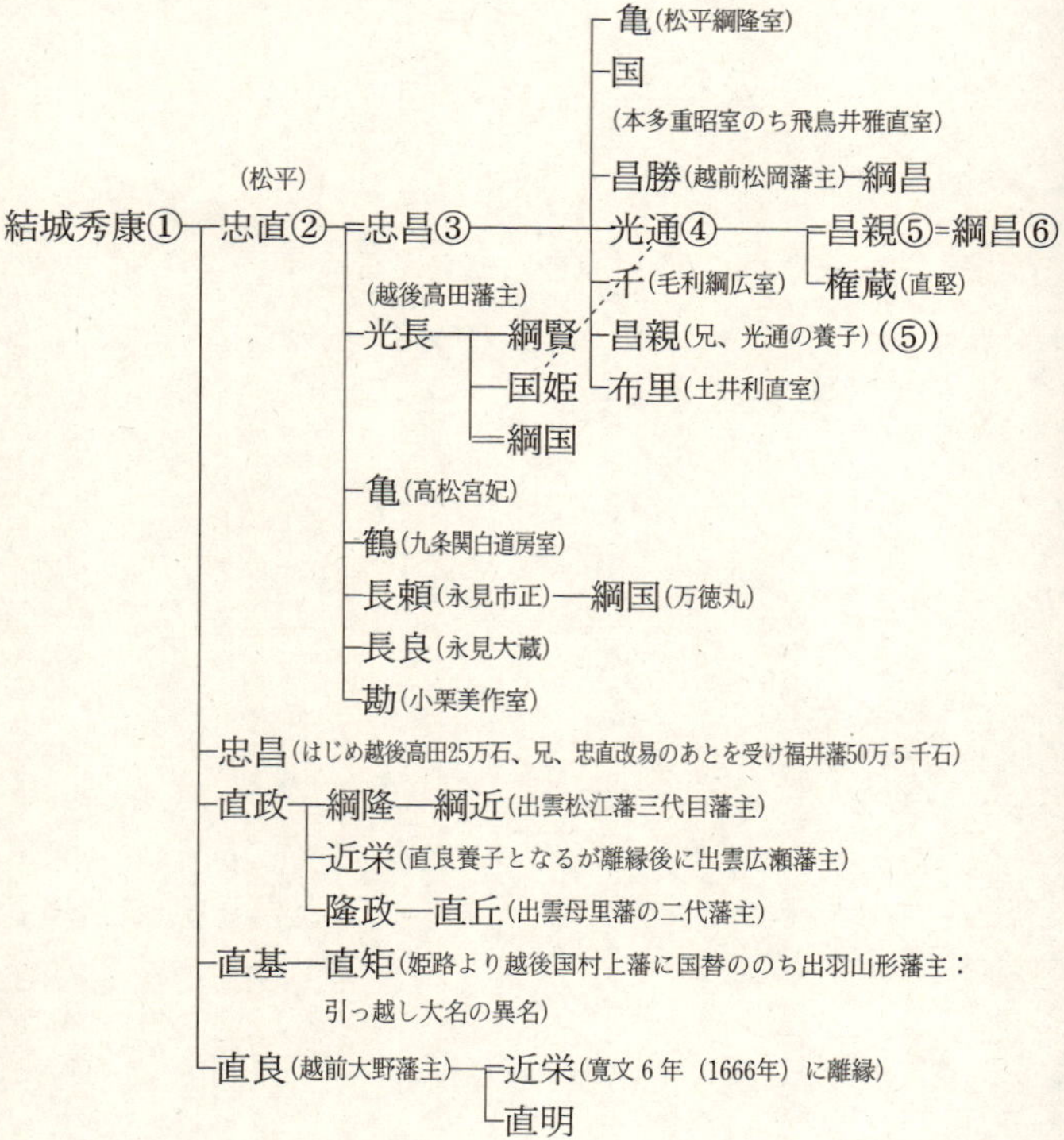

註：＝は養子関係。○数字は越前福井藩主の順を、------は夫婦関係を示す。

越前大野の春

1

越前大野は、東に荒島岳《あらしまだけ》、西に飯降山《いふりやま》、南には銀杏峰《ぎなんぽう》、北には経ヶ岳《きょうがたけ》と、四方を高山に囲まれた城下町である。

東からの九頭竜《くずりゅう》川、銀杏峰の奥に源を持つ真名川《まながわ》や、清滝川《きよたきがわ》、あるいは赤根川《あかねがわ》が長い年月をかけて、山や谷を削って運んだ土砂が扇状地を作った。

さらには、白山《はくさん》山系の火山泥流がくわわって生まれたのが大野盆地である。

その西部に位置する丘陵地に、金森長近《かなもりながちか》が大野城を建設しはじめたのが天正《てんしょう》四年（一五七六）のことだ。

四年の歳月をかけて城郭を造り、さらに数年をかけて、二層四階建ての天守閣を持つ大野城は完成した。

その天守閣の形が、南を向いて蹲《つくば》う亀が東に小首を傾げたように見えることから、金森長近は、この丘陵地を亀山と命名したという。

だが、越前大野に金森がいたのはわずかに十一年、飛驒に移って青木秀以《あおきひでもち》が新城主となった。

その後は、めまぐるしく城主が代わり、寛永《かんえい》二十一年（一六四四）に越前松平家の松平直良《まつだいらなおよし》が、五万石をもって新城主に迎えられて、ようやくに落ち着き、はや三十数年の歳月が流れている。

雪国ゆえに、春の到来は遅い。

雪に埋もれた農家では、屋内での藁仕事を中心に冬を過ごし、雪解けを待って次第に屋外での農作業を開始する。

前年の雪の量にもよるが、それがだいたい二月も下旬になってからであった。

といっても、これは旧暦の二月であって、現代《いま》の暦だと、もう三月も終わりごろだと理解すれば、その春の遅さも実感できようか。

さて大野の農民たちは、ようやく巡り来たった春を寿《ことほ》いで、三月二日は宵節句といって、草団子にきな粉《こ》をかけて食べた。

翌三日の雛《ひな》祭りは野良仕事は休みで、前日同様に団子を食べて、翌四日には人別《にんべつ》改《あらた》めがあった。

こうして、いよいよ大野の農作業は本格化していくのである。

亀山に聳える大野城を南に見る道を西に向けて、ややうつむき加減に縣茂《あがたも》右衛門《えもん》は歩いていた。

さほどの陽ざしがあるわけではないが、菅笠で面体《めんてい》を隠しているのは、ここ十数年来の習慣であった。

心に大きな傷と、屈託《くったく》を抱えている。

いかにも古びた紺色の裁付袴《たっつけばかま》に、紺無地しじら織りの短か着をつけ、腰の帯には酒の入った瓢《ふくべ》と魚籠《びく》をくりつけ、小刀を一本帯びていた。

それで釣り竿を肩にした姿は、どこか虚無の影を引きずっているようにも見えた。

道の左手と城郭の間は湿地帯で、縦横百二十間（約二〇〇㍍）ばかりの大きな沼がある。

深さが八丈（約二四㍍）ほどもある沼で、姥捨《うばす》て沼などと呼ばれている。

（いっそ、喉でも突いて……）

あの沼に身を投げようか――。

などと考えたのは、もう十年以上も昔のことであった。

ところが毎年のように、沼に落ちて死ぬ子どもがあったため、藩庁《はんちょう》では沼の周囲を竹矢来《たけやらい》で囲み、番小屋を建てて番人を置くようになった。

そのことで、

（死にたい……）

いつしか茂右衛門のうちに取りついていた死への願望は、まるで憑《つ》き物でも落ちたように失せていた。

不思議なことである。

次に茂右衛門のうちに兆《きざ》したのは、

（心のままに、生きてやる……）

であった。

そして放埒《ほうらつ》がはじまった。

結果として、それがさらに茂右衛門を追い込むことになる。

そのうえに……。

（いかなる運命のいたずらであろうか……）

重なる悪目《あくめ》が、茂右衛門の上に降りかかったのである。

ふいに、右手の空から小鳥の声が降ってきた。

茂右衛門は菅笠を上げ、空を仰いだ。

揚《あ》げ雲雀《ひばり》であった。

（ふむ……）

思わず茂右衛門は足を止めた。

右側の田園が、どこまでも続く黄色い菜の花畑であることに、今さらのように気づいた。

田の裏作としての菜種は、昨年の秋のうちに蒔《ま》かれている。

それが厳しい積雪に耐えて、春には芽吹き、こうして花開いているのであった。

（俺とて……）

ふと茂右衛門の耳に、

——いかがでございましょうかねえ。

文五郎《ぶんごろう》の濁声《だみごえ》が甦っていた。

（なるように、なれ）

半《なか》ば以上は捨て鉢な気持ちで、

——承知した。

そう返した茂右衛門であったが、武士の誇りや矜持《きょうじ》すら、いつしか泥水にぶち込んでいたこの男の、それが最後の希望にすら思えるのである。

なおも呆けたように、茂右衛門は、北に茫茫《ぼうぼう》と広がる田園を一望した。

中野村という。

そろそろ菜種刈りがはじまっていた。

黄色い花群れの、そこかしこで点点と、立ち働く百姓の姿があった。

田起こしや畦塗《あぜぬ》り、さらには田拵《たごしら》えもはじまっている。

きたる梅雨の季節に先駆けて、来月五月の中旬までには、どの農家も田植えを終えなければならぬのだ。

さらに先に聳える経ヶ岳を仰いだ。

初夏の空には、白い雲がゆったりと流れ、縄張りを主張する雲雀が、そこかしこ高く舞って鳴き声をあげている。

(いずれにしても……)

なるようにしか、ならんわい。

投げやりな気分をむりやりに飲み込んで、再び茂右衛門は、自分の影を踏むように、西へと歩きはじめた。

城の西を南北に流れる赤根川の河原には、ちらほらと釣り人の姿が目につく。多くは、暇を持てあました非番の家中《かちゆう》であろう。

人目を逃れるように橋は渡らず、土堤《どて》道を北に向かった。

しばらく歩くと、ひょろひょろと伸びる榧《かや》の木があって、そこから茂右衛門は河原に下りた。

新葉を伸ばしはじめた葦原のなかへ、茂右衛門はためらわず入って岸辺に出た。足許は蛇除けの黒足袋と脚絆《きやはん》をつけて、草鞋《わらじ》がけで固めていた。

雪解けの水を集めて水嵩《みずかさ》はあるが、川がゆるく曲がるあたりに、小さな淀みができている。

そこが茂右衛門の、いつもの釣り場であった。

対岸には丘の斜面がなだれ込み、川道もない。

地形の関係と、生い茂ったまま立ち枯れた川草に囲まれて、ここは土堤道からも見えない、知られざる茂右衛門だけの釣り場であった。

手頃な腰かけ石は、何年か前、茂右衛門自身が苦労して運んで、そこに据えつけたものである。

その石に腰かけ、手近な岸草に魚籠を下ろし、まずは瓢の酒を一口飲んでから、茂右衛門は釣り糸を垂れた。

淀みの底にも流れがあると見え、浮子《うき》が少しずつ動いて川の流れに入ろうとする。

それを引き戻し、茂右衛門は、ただぼんやりと川面を眺めていた。

川岸を行く水が洗う音、魚が跳ねる音、川風にさやさやと鳴る葦や川草の音、ときおり風が強まって、水面にさざ波が立った。

なにも思わぬ、なにも考えぬ。

それが、釣りをしているときの茂右衛門であったのだが、きょうの茂右衛門は、どこか落ち着かない。

――いかがでございましょうかねえ。

つい先ほど、文五郎の声が甦ったせいであろう。

それが茂右衛門の心境に、波紋を投じたにちがいない。

つい瓢に、手が伸びた。

もう一口、酒を飲んだ。

(この酒が……)

俺の仇のようなものだ。

それで人生を狂わせた。

だが、その酒を、どうしても断てずにいる。

茂右衛門は、無類の酒好きであった。

2

縣茂右衛門は寛永十年（一六三三）に越前木本《このもと》で生まれた。三歳のときに越前勝山へ、そして十二歳で、この大野にやってきた。延宝五年（一六七七）の今は、四十五歳であった。

勝山では、三歳年下の妹、千佐登《ちさと》が生まれている。

主君の松平直良が、二万五千石の越前木本から三万五千石で越前勝山、さらには五万石と、順調に領地を増やしながら越前大野に入ったとき、執政が五人いた。

家老が乙部勘左衛門《おとべかんざえもん》と、小泉権大夫《こいずみごんだゆう》。

中老が斉藤甚兵衛《さいとうじんべえ》に縣茂左衛門《しげざえもん》、そして丹生彦左衛門《にうひこざえもん》であった。

重役として名を連ねた、縣茂左衛門というのが、茂右衛門の父である。

そのときの家老は、二人ともに消えた。

乙部勘左衛門は、直良公の跡目争いに敗れて、主君との養子縁組を解いた松平近栄《ちかよし》とともに出雲国《いずも》へ去り、小泉権大夫は銅山不正に関わって謎の死を遂げ、その家系も絶えている。

そして――。

残る往事の中老の家は、それぞれに代替わりした。

斉藤家は、子の斉藤利正《としまさ》が国家老となっている。

丹生家は、二百石のうち妾腹の子であった文左衛門《ぶんざえもん》に五十石を与えて分家させたが、いかなる事情があったのか、先年に一家揃って城下から逐電《ちくでん》してしまった。

残る百五十石を継いで、同じく丹生彦左衛門《ひこざえもん》を名乗っている丹生本家のほうは、物頭《ものがしら》の家として健在だ。

そして、俺は――。

(有為転変《ういてんぺん》か……)

胸に這い上る苦さのようなものを覚えながら、茂右衛門は釣り竿を上げた。

やや西に傾いた陽光に、銀鱗がきらめく。

釣り上げたのは、七寸ばかりの鮠《はや》だった。

雪解けの水で、谷川から流されてきたのであろうか、すでに魚籠には山女《やまめ》を含めて数匹の釣果《ちょうか》があった。

（まだまだ、足りぬ……）
小雨のときでさえ、茂右衛門がこの釣り場に通うのは、単なる時間つぶしではない。
北山町にある屋敷では、茂右衛門を含めて九人もが、ひしめくように暮らしていた。
まさに、尾羽《おは》打ち枯らした貧乏所帯なのである。
（なぜ、こんなことになったのか……）
数えきれないほど託《かこ》った繰り言を、また心にのぼらせながら、瓢の酒を一口飲んで
また釣り糸を垂らす。
一匹釣れるごとに、一掬《いっきく》の酒を飲む。
それが、このところ、茂右衛門が自らに定めている戒律であった。
なにも——。

将《まさ》に一掬して
百川《ひゃくせん》の味はひを知れるなるべし

などといった、芭蕉《ばしょう》のような境地ではない。

ただ、金の余裕がないだけの話であった。

（この俺とて……）

城下にて、麒麟児《きりんじ》とうたわれた時代があったのだぞ。

きらりきらり、と陽光を跳ね返す水面《みなも》に目を細めながら、茂右衛門は昔を思う。

元来、茂右衛門は快活な性格であった。

三百石の家柄に生まれ、重臣の嫡男として、将来を嘱望されてもいたのである。

剣を小野派一刀流の村松道場に学び、めきめきと頭角を現わしたし、風伝流槍術を編み出した中山新左衛門《なかやましんざえもん》の元では、〈春日《かすが》の二茂《にしげ》〉と呼ばれたものだ。

今は中山吉成《よしなり》となって彦根藩に召し抱えられている新左衛門が大野にいたころは、春日町にその道場があった。

その春日道場で丹生彦左衛門（当時、茂蔵《しげぞう》）と茂右衛門の二人が、首席を争って鎬《しのぎ》を削っていたものだった。

そんな茂右衛門は、十七歳で御供番に召し出され、三年後には同組頭《くみがしら》に昇進した。

まさに順風満帆、自信に満ち満ちた日日を過ごしたものだ。

そんななか、妹の千佐登《ちさと》が十九歳で、勘定吟味役の権田内膳《ごんだないぜん》に嫁いだ。

(思えば、あのころから……)

運命《さだめ》の糸車は、からからと茂右衛門を、底なしの沼のなかに引きずり込もうとしていたのかもしれない。

(いや……)

そのとき、ぐぐっと浮子が沈んだ。

反射的に跳ねあげた釣り竿に、また鮠の姿があった。

また酒を、一含みする。

瓢が空になるころが、どうにか一家九人の夕餉《ゆうげ》に間に合う量なのであった。

(侘びしいものだ……)

誰にともなく、自嘲に頬を引きつらせるように笑い、茂右衛門は針に餌《えさ》をつける。

餌は、牛ヶ原村で養蚕《ようさん》をしている、おきぬの実家から分けてもらう蛹《さなぎ》の死骸であった。

それを陰干しにして粉に挽《ひ》き、湯を加えて練り餌《え》にしている。

驚くほど、よく釣れた。

(ふむ)

ふいに、乙部勘左衛門の、ふてぶてしい表情が浮かんできて、茂右衛門は顔を歪めた。

先程来、はしなくも懐旧にひたったせいかもしれない。

「往事渺茫《びょうぼう》、すべて夢に似たり、だな」

白居易《はくきょい》の一節を、茂右衛門は独りごちた。

3

中老であった父の茂左衛門が病に倒れたのは、茂右衛門が二十六歳の秋のことであった。

藩医の診たてでは、胃の腑にできものができて、死病とのことであった。

まるで、それを待っていたように、茂右衛門に縁談が持ち込まれた。

それも、仲人を通してではなかった。

いきなり、茂右衛門を山下曲輪《くるわ》内の家老屋敷に呼び出して、国家老の乙部勘左衛門は、開口一番にこう言った。

「どうじゃ。御供番の番頭《ばんがしら》になる気はないか」

もともと縣の家は番頭の家であるから、いずれは……とは思っていたが、二十代半ばで、というのは滅多にあることではない。

「まことでございますか」

「傷《いた》ましいことながら、そなたの父御の命脈も、あと僅かと聞く。このわしが、そなたの後ろ盾になってやってもよい」

押しつけがましく言った。

（はて……）

と、そのとき茂右衛門は小さな不審を感じた。

（なにやら、条件でもありそうな）

主君の松平直良は二人の男児を得たが、そのことごとくを喪い、五十を越えても嫡男がいなかった。

そこで国家老の乙部は奔走し、直良の兄で出雲《いずも》松江藩十八万六千石の領主、松平直《なお》政《まさ》の次男である近栄《ちかよし》を、直良の娘の満《まん》姫と娶《あわ》せて婿養子とすることに成功した。

それが三年前のことで、以来、乙部家老は権力を一手に握る存在となっている。

そのような権力者に、へつらうつもりはないが、さりとて逆らうつもりも茂右衛門にはなかった。

「ありがたき、おことばでございます」

目の前に、出世という餌まで、ぶら下げられているのだ。

「ふむ」

乙部は満足そうな声を出し、

「ところで、どうだ。わしの娘を嫁にもらわぬか」

さらりと言ってのけた。

「楽《らく》さまを、でございますか」

乙部勘左衛門に、娘はその一人しかいない。

遅くに生まれた女児ゆえに、甘やかされて育ったと聞く。

年齢は、茂右衛門よりふたつ年下の二十四歳で、一度は三百石物頭《ものがしら》の関戸《せきど》家の理《り》左衛門《ざえもん》の元に六年前に嫁いだが、一年と保《も》たずに離縁されている。

いわゆる出戻り娘であった。

理左衛門は石灯籠小路《いしどうろうこうじ》の村松道場で同門であったから、

――えらく、はやばやと離縁したものだな。どういうわけだ。

茂右衛門は尋ねたことがある。

――どうも、こうも……。

理左衛門は、吐き出すように答えたものだ。

――顔が不細工なのは、まだ我慢もできようが、箸にも棒にもかからぬ悪妻でな。

そんな記憶を甦らせているうちにも、

「どうじゃ」

乙部が返事をうながしてきた。

「いや。父母の意向も確かめずに、我が一存にては……」

とりあえずは、当座逃れをしようとした。

「それはそうじゃが、今は、そなたの存念を聞きたいのだ。それ次第で、正式に仲人を立てる所存だ」

ぐんぐん、押してきた。

まるで張り巡らされた黄金蜘蛛《こがねぐも》の巣に、絡めとられたような心地がした。

（そういえば、理左衛門……）

つい昨年に、閑職に追いやられてしまったな。

乙部家老の娘を離縁した報いであろう、との噂も流れていた。

こうして茂右衛門は、乙部家老の軍門に下ったのである。

さて、それからが早かった。

あれよあれよというちに、仲人が両家の間を行き来して、二十七歳の春には華燭の典、ということになった。

せめてもの救いは、父が存命中の嫁取りであったことで、心おきなく父を逝《い》かせたことぐらいだろうか。

楽は、取り立てての不美人というわけでもなかった。脂ぎった父親には似ず細身で、多少骨張ったところはあったが、その肌は白く艶やかであった。

ただ頤《おとがい》がつんと尖り、ときおり細い眼が底光りするのが、やや鼻についたが、理左衛門が口にしたほどの悪妻とも思えなかった。

(あるいは、再婚という負い目もあって、楽は楽なりに改め、努力をしているのであろうか)

などと茂右衛門は新妻のことを、むしろ好意的に見ていたくらいだ。

父の死によって、三百石の家を襲封し、夏には二十七歳で御供番頭という重職に昇進して、茂右衛門は大いに高揚していた。

もちろん、やっかみや嫉《そね》みの声も届かないではなかったが、それよりも、すり寄ってくるひとのほうが遥かに多かった。

楽もまた、そのようにして集まってくる家中を、大いにもてなしてくれたのだ。

（おう！）

こりゃ、大物だぞ。

竿の撓《しな》り方を見て、茂右衛門は慎重に竿を立てた。

逃げられないよう、ゆっくりと引き寄せたのちは立ち上がって釣り糸をつかみ、そろそろと岸辺に引き寄せる。

岸の草の上にのたうったのは、一尺（三〇チセン）はあろうかという鮒《ふな》であった。

（こりゃ、大きい）

ほくそ笑みながら、魚籠に入れる。

暴れる鮒で、魚籠が踊った。

例によって瓢の酒を一口飲み、栓をしかけて、ふと思う。

（こりゃ、二匹分に相当しよう）

それで、もう一口飲んだ。

それから針に餌をつけかけた茂右衛門だったが――。

「…………」

凍りついたように、動きを止めた。

目が、一点に貼りついている。

それは、岸辺の砂にできた、小さな水溜まりであった。

魚籠から流れ出た水が、溜まって陽光を弾き返している。

(低きところに水溜まる……か)

かつて茂右衛門が若くして御供番頭の役についたとき、まるで灯火を慕う小虫のように、周囲に人が集まった。

——先ざきは、ご重役にまでなられましょう。

とか、

——必ずや、御家老にまで上りつめられましょう。

口ぐちに、そやした世辞口は、茂右衛門の耳には心地よく、いつしか、それが自分が具《そな》える人望のようにさえ思えたのだ。

(そうでは、なかった……)

今にして、はっきりと悟っているが、もう元には戻らない。

「百川《ひゃくせん》、海に朝《ちょう》す……というやつだな」

茂右衛門の元に集まったのは、茂右衛門の人柄を慕ったのでも何でもない、利益を求めてへつらってくる輩であったのだ。

それを、まるで一派の親玉にでもなったような気分で屋敷に連れ帰ったり、こおろぎ町で酒食を振る舞ったりしていた自分が情けない。

こおろぎ町は、正式な名ではない。

城下商人町の三番上町から大鋸町《おがちょう》通りにかけて、居酒屋や小料理屋が軒を連ねていて、そこから袋小路が入り組んでいる一帯のことだ。

小路には芸妓や酌女《しゃくおんな》を置く店や待合茶屋などが並び、三味線を弾いたり、踊ったりで、夜遅くまで歌声が通りにまで湧いて出る。

まるで夜長を鳴きとおす蟋蟀《こおろぎ》になぞらえて、そんな名で呼びならわされている。

袋小路の奥のほうには、曖昧《あいまい》茶屋や曖昧宿もあった。

ともあれ、茂右衛門が無類の酒好きになったのも、その時代からである。

4

楽を娶った翌翌年に、男児が生まれた。

楽の、あの細い身体から生まれた、とは思えないほどまるまるとした赤児で、小太《こた》郎《ろう》と幼名をつけた。

跡取りを得たことで、茂右衛門はますます気力が横溢《おういつ》した。

取り巻きたちを引き連れて、こおろぎ町に向かう回数も、ぐんと増えた。

楽の態度に変化が現われたのは、そのころからであったろう。

——たいがいに、なされませ。

酒の匂いとともに夜も更けて戻ってくる茂右衛門を、楽がなじるようになった。

——ま、これも男同士のつきあいだ。

——なにが、つきあいなものですか。ただ、たかられているだけではございませんか。

——そんなことはない。男の世界とは、そういうものだ。いざというときに役に立ってもらうためには、常日ごろから面倒を見ておく必要があるのだ。羽振りのよい亭主を自慢にこそ思え、そう目くじらを立てることもなかろう。

——はて、その羽振りとやらは、誰のおかげでございましょうや。

楽から、とどめのように浴びせられたことばで、茂右衛門は、一気に酒の酔いも吹き飛んだ。

（むむう……）

明らかに楽は、茂右衛門の周囲に群がる取り巻き連の目的は、茂右衛門自身の人物や力量のせいではなくて、大野随一の権力者である舅に取り入るためだ、と喝破《かっぱ》したのである。

もちろん、そのことは、当の自身も承知のことであった。

そう。自分の後ろ盾として、舅がいる。

それをわかったうえで、なお一人でも多くの子飼いを得ておこう。

というのが、茂右衛門の偽らざる思いであったのだ。

実は、ゆゆしき事態が出来《しゅったい》していた。

というのも、後嗣がいなかった藩主の直良が、なんと五十三歳にして男児を得たのである。

それも――。

乙部家老の働きによって、出雲松江から松平近栄が婿養子に迎えられたのが、十一月七日。

幼名を左門《さもん》と名づけられた男児が、江戸において産まれたのが翌年の正月五日。

僅かに、二ヶ月の差であった。

青天の霹靂《へきれき》ともいえるこの事態に、だが乙部家老は、さほど動じなかった。

というのも松平直良は、これまでに二人の男児を得ているが、長子にあたる監物君《けんもつぎみ》は十二歳で没し、次男にあたる万助君《まんすけ》にいたっては、僅かに四ヶ月で早世していた。

三人いた姫君の一人も、六歳で亡くなっている。

(またも短命にあらせられよう。あわてることはない)

公言こそできないが、乙部は内心で、そう思っていた。

それでも万が一に備えて、秘かに刺客を放っている。

しかし——。

江戸においては、藩主の胤《たね》を宿した側女《そばめ》を江戸側役《そばやく》の松田与左衛門《まつだよざえもん》が、いずこかに連れ出して、その行方が杳《よう》として知れない。

そして、

(めでたく男児ご出産)

との情報だけが駆けめぐるばかりで、まるで消息がわからなかった。

そして、二年前のことである。

松田与左衛門が、飄然と大野城下に現われた。

それも三歳になる左門君と、その生母を伴ってであった。

そして、大野城二の丸に建つ旧監物君の屋敷に入ったのだ。

以来、その屋敷は松田屋敷と呼ばれ、傅役《もりやく》の松田の手によって左門君はすくすくと育っているのである。

そのように城中に飛び込まれてしまうと、かえって手出しはできぬ。

縣茂右衛門が長子を得た万治三年（一六六〇）、左門君は五歳になっていた。

（このままでは、いかぬ……）

松平近栄が、次代の大野藩主たるべく養子に入って六年、いまだ直良公は世子を定めぬままである。

それゆえ近栄と満姫の夫妻は、江戸は芝高輪《たかなわ》の下屋敷に暮らしているが、将軍の拝謁もなく、いまだ官位さえ与えられていない。

乙部家老に、焦慮の色が濃くなってきた。

片や五歳の左門君、片や二十九歳の松平近栄……。

いよいよ裏側で、世継争いがはじまりだしていた。

乙部には、自分が担いだ松平近栄以外の選択肢はない。

どうしても負けられない一戦である。

といって、左門君暗殺という手段は、あまりに危険すぎた。

それで、徹底した多数派工作に出た。

（我が父が、死病に取りつかれたとたん……）

と、茂右衛門は思った。

出戻りの娘を自分に押しつけたのは、ほかでもない。

父が中老であった縣の家を、自分の陣中に取り込むためだ……。

それゆえ、異例の若さで茂右衛門を御供番頭とする人事に踏み切ったのであろう。

乙部家老の意向を、そこまで読んだうえで、さらに茂右衛門は野望を滾《たぎ》らせていた。

というのも、舅の乙部勘左衛門は、すでに六十六歳という高齢であるゆえに、いつ、どのようなことになるともしれない。

その嫡男である清左衛門《せいざえもん》は、すでに四十を超えて御蔵《おくら》奉行の職にあるが、これという取り柄もない凡庸な人物であった。

まちがえても、執政の座につけるような男ではない。

そんな義兄に比べて、自分は――。

家柄も申し分なく、父は中老も務めたうえに、なによりかつては麒麟児と呼ばれたほどの男である。

虎の威を借りてでも、今はひとを養い、しっかり自分の味方につけておく。

そして、舅に万一のことがあれば――。

(この自分が、乙部に取って代わって、松平近栄擁立派の領袖《りょうしゅう》となる)

などとも、思い描いていたのであった。

それを、まるで頭から冷水を浴びせるように、妻である楽から言われたことに、

(こやつは、ばかだ)

と茂右衛門は、思わず絶句した、といってもよい。

いくら政治とは無縁の女子《おなご》とはいえ、まるでわかっておらんではないか。

諄諄と道理を説いてみようかとも考えたが、ことは楽の実父の没滅に関わることだ。

とても我が野望の全貌を伝えるわけにはいかなかった。

結局、茂右衛門は沈黙を守った。

だが、楽は、茂右衛門が絶句したことで、伝家の宝刀を抜いて勝利した、とでも思ったのかもしれない。

そのときから、楽は豹変した。

事ごとに口やかましくなっただけではない。

楽自身が、虎の威を借る女狐へと変貌していったのだ。

あるいは、それが楽の本性であったのかもしれない。

――箸にも棒にもかからない悪妻でな。

茂右衛門は、関戸理左衛門の評を思い出した。

なにもかも、我が父のおかげ……。

権力者の娘が振りまわすことばの剣は、日日に茂右衛門の誇りや自尊心を傷つけた。

まさに、悪妻以外の何ものでもなかった。

こうして、夫婦の間に生じていく溝は、日を追うごとに深く刻まれていったのだ。

5

背後で不意に葉ずれの音がした。

川草が風にさやいだのではない。土堤を下って、ひとがきたのだ。

(越後屋か……)

茂右衛門の秘密の釣り場を知っているのは、五番町下町で呉服店を営む[越後屋]のほかはない。

(きたか……)

はたして――。

現われた人影は[越後屋]の主人、文五郎ではなかったが、当たらずといえども遠からずであった。

番頭を務める、要介《ようすけ》である。

「やはり、こちらでございましたか」

と言ったところをみると、先に北山町の屋敷にも顔を出したのであろう。

口をへの字に結んだまま、顔を川面に戻した茂右衛門に、魚籠を覗き込んだらしい要介が、

「へえ。こりゃ大漁だ」

と言った。

対して茂右衛門が、

「用があるなら、早く言え」

（いよいよか……）

茂右衛門の心は大きく騒いでいたが、それは噯《おくび》にも出さず振り向きもせず、にべもなく答える。

「今宵五ツ（午後八時）に、［梅むら］の座敷までお出ましくださいませ、と主が言っております」

「承知した」

「できるだけ、目立たぬようにとのことでございますよ」

「念には及ばぬ」

「では、たしかにお伝えいたしましたよ」

用向きだけを伝えると、そそくさと要介は去っていった。

要介が言った［梅むら］は、こおろぎ町表通りにある小料理屋であった。

一階は入れ込みの土間席であったが、二階に座敷があった。

昨年の夏ごろに開かれた、まだ新しい店である。

女将《おかみ》は、おぎんという若い女で、江戸からやってきたという新参者であった。

新参者といえば［越後屋］も同様で、五番町下町の角地に店が開かれたのは二年ばかり前のことである。

江戸は神田須田町にある呉服屋、越後屋利八《りはち》の出店であるそうな。

なぜまた、江戸の呉服屋が、このような山峡の城下町に出店を出したのか首を傾げる向きも多かったが、呉服屋を営む一方で、大野近郊で生産される絹糸を買いつけるのが、主な目的であったようだ。

もっとも、店の名のとおり、越後縮《えちごちぢみ》を主力商品として、呉服屋だけでも十分に商売が成り立っているそうだ。

そして——。

おぎんは、その［越後屋］の主の文五郎が、江戸から連れてきた妾《めかけ》であるらしい……。

というようなことが、城下では囁かれている。

しかし――。

（その実体を、俺以外は誰も知らぬ……）

要介の去ったあと、茂右衛門は小さく唇を歪めるようにして笑った。

（あれは、昨年の秋も終わりのころであったな）

文五郎が、初めて茂右衛門の前に姿を現わしたときのことだ。

その日、茂右衛門がいつものように釣り場へ向かうとき、尾行されている気配を感じた。

（何者だ）

不審を感じながらも素知らぬふりで、いつもの土堤道に上がるとき、ちらと垣間見たかぎりでは商人のようであった。

（借金取りか）

城下の店店に、積もった借財があった。

（そんなはずは、なかろう）

借金取りなら、屋敷に来よう。

首を傾げながらも茂右衛門は、目印の榧《かや》の木のところから土堤を下って川に出た。

いよいよ秋も深まり、まもなく雪が落ちてこようという季節であった。

雪がくれば、もう次の年の雪解けまで釣りなどはできない。

屋敷の空き地を畑にして、茄子《なす》や大根、里芋などを育てている。

雪に閉ざされた冬は、汁の具も菜も切干大根か、里芋ばかり、まもなく、またそんな冬がくる……。

しかし、この冬は、それでは間に合うまい。

近ごろ、茂右衛門の屋敷には三人もの食い扶持が増えていた。

心のままに生きてきた茂右衛門だが、これまでは、どうにか食いつめずにやってきた。

(どうなることやら……)

茂右衛門が、そんな新たな屈託を抱えていたところである。

だが、その日は、何ごともなかった。

その翌日のことである。

十年一日のごとくに釣り場の石に腰かけて、釣り糸を垂らしていた茂右衛門は、後方に人の気配を感じた。
（……………）
現われたのは、釣り竿を携えた商人ふうの男であった。
――おや、先客がおられましたか。
いけしゃあしゃあと驚いたような声をあげた。
きのう、自分をつけていた男にちがいなかった。
――ご一緒させていただいても、かまいませぬか。
（こやつ……）
どんな魂胆で、俺に近づく？
多少の興味が動いた。
それで、黙ってうなずいた。
男は、五番町下町で呉服屋を営む［越後屋］の亭主で文五郎だと名乗った。
「そうか」
とだけ答えて、茂右衛門は名乗らずにいた。
どうせ、そうと知ったうえで近づいてきたに決まっている。
茂右衛門は石に腰かけ、文五郎は立ったまま、しばらく釣りを続けた。

文五郎が一匹も釣り上げないうちに、茂右衛門は三匹ばかり小鮒をあげた。

——いやあ、よく釣れますなあ。

感心したような声を出す文五郎に、

——餌がちがうのだ。

なんにせよ、そろそろ潮時であろうかと茂右衛門は続けた。

——俺の餌でやってみろ。

目的のほどはわからぬが、文五郎は呉服屋の主だという。

金の匂いを嗅ぎとっていた。

——やあ、なるほど。

蛹粉《さなぎこ》の練り餌で、文五郎はさっそく鮒を釣り上げた。

——いったい、これは、どのような工夫の餌でございましょうか。

——工夫というほどのものではない……。

それが蚕の繭《まゆ》から絹糸をとるときの、蛹の死骸であることを茂右衛門は教えた。

茂右衛門に、それが優れた釣り餌になることを教えたのは、牛ヶ原村にいる、おきぬの父親である。

おきぬは茂右衛門が下女に雇った女であったが、胸も腰も大きく張っていて、茂右衛門の欲情に火をつけた。

それで妾同然にしてから、もう十二年ばかりがたつ。

そうして二人の間には、十一歳になる男児と、九歳になる娘が生まれていた。

十九のときに蹂躙した下女のおきぬは、もう三十一歳の女盛りになって、今では縣家の女主人のように振る舞っている。

――ほう。これは御蚕《おかいこ》の蛹でございましたか。

文五郎は驚いたような声をあげ、養蚕の家にも出入りしている自分が、そのようなことも知りませんでした、とつけくわえたものだ。

その夜、茂右衛門は文五郎から酒席に招待された。

それが、こおろぎ町の［梅むら］の座敷だった。

[越後屋] 文五郎

1

縣茂右衛門が大失態を演じたのは、三十歳の秋であった。

十五年も昔のことである。

寛文二年(一六六二)の八月二十三日、かねて病気療養中であった左門君の生母、お布利《ふり》の方が二十九歳で逝去した。

葬儀は八月二十六日に、寺町の古刹《こさつ》で、城主の祈願所となっている圓立寺《えんりゅうじ》と決して、家中一同は葬儀の支度にてんてこ舞いとなった。

その年は、領主の松平直良もお国入りしていたから、御供番頭の縣茂右衛門は、柳町の屋敷には戻らず三日の間、役所に詰めて細かな割り振りを決めていった。

まず葬列は、高張提灯《たかはりちょうちん》を先頭に行装《ぎょうそう》を整え、槍、薙刀《なぎなた》などは白布で覆う。供侍は麻裃《あさかみしも》で、死者が女性なので、白小袖、白帯に白布を被った女性が棺脇に従うことになっている。

ほかにも、いろいろとしきたりがあるが、そういったことは奏者番《そうしゃ》を中心に準備が進められて、逐次、御供番役所にも伝達があった。

茂右衛門が頭《かしら》を務める御供番に求められるのは、葬列もさることながら、主君である松平直良、そして七歳になった左門君の行装と警護である。

大手門から城下に出て、圓立寺までは僅かに七町（七〇〇メートル）ばかりの距離でしかないが、本丸と、二の丸の松田屋敷から葬列および左門君の行装、と計三組もの御供が同時におこなわれるのは、前例がない。

だが、こここそ腕の見せ所だ、と茂右衛門は大いに張り切っていた。

足りない人数《ひとかず》は、よその部署から借り集め、万事遺漏のないように、それぞれの割り振りをおこない、衣装、道具立ての点検と、こなさねばならぬ仕事は際限もなかった。

ようやくすべての準備を整え、各部署への連絡その他も終わり、念入りに再点検を終えたのが、葬儀前日の夕刻のことである。

——皆、ご苦労であったな。

部下たちをねぎらったあと、

——ちょいと、軽くやっていかんか。

主だった者を、こおろぎ町に誘ったのは慰労のためもあったが、明日の支度を調え終えた気のゆるみであったろうか。

いや、それだけではなかったろう。

楽との夫婦仲は、いよいよすさみ、もう修復できないところまできていた。

父が、父が——、を繰り返す楽の様子は相変わらずだが、対して茂右衛門は、金輪《こんりん》際《ざい》、口を開かぬことにした。

会話が成り立たないことに、楽が悔しがり、金切り声をあげても完全に無視するようになっていた。

楽とは、できるかぎり顔を合わせないようにするため、登城の日は遅くに戻り、非番の日には他出《たしゅつ》を心がけた。

そのため登城に際しては、供の若党に挟み箱を持たせて控えの間で待たせ、下城に際しては半裃《はんかみしも》を脱いで平服に着替え、先に屋敷に帰らせる習慣がついていた。

要は、楽の顔など見たくもなかったのだ。

おそらくは楽の告げ口もあってか、乙部家老は、ときおり茂右衛門に、にがにがしそうな表情は見せたが、特に苦言はなかった。

今や、松平近栄派の中心的な役割を担いつつある茂右衛門や、そこに集まる藩士たちを失いたくはなかったのであろう。

そのような夫婦仲であったから茂右衛門は、三日間、屋敷に戻らず役所に詰めて、かえって晴れ晴れとした心持ちさえ覚えていた。

いつものように平服に着替えて若党を先に帰した茂右衛門は、こおろぎ町で慰労の酒を酌み交わした。

だが、明日のこともあるからと、部下たちがそうそうに戻っていったのは、そろそろ五ツ（午後八時）に近いころであったろうか。

贔屓《ひいき》の料理屋から提灯を借りて最後に出て、茂右衛門は夜空を見上げた。

この夜、月はまだ出ず、漆黒の空には無数の星が瞬いている。

——ふむ。

北天に目立つ錨星《いかりぼし》（カシオペア座）を眺めながら、奇妙なことに気づいた。

いつもなら流れ出てくる三味《しゃみ》の音も聞こえず、こおろぎ町の小路が、ひっそり静まりかえっている。

（そうか……）

若君のご母堂の逝去が町奉行によって告知され、音曲《おんぎょく》を控えているのかもしれない。

そういえば、いつになく人通りも少ない。

かといって、店を閉じているでもない。

袋小路の奥を眺めると、それぞれの軒行燈《のきあんどん》には火が灯っていた。

（すると……）

小紫《こむらさき》は、お茶を挽《ひ》いておろうか。

茂右衛門は、ふと思った。

源氏名を小紫という曖昧宿《あいまいやど》の女が、このところ茂右衛門の馴染みの女であった。

三十歳という男盛りで、とっくに妻とは閨《ねや》を別にしている茂右衛門には、なりゆきとはいえ、必要不可欠な女郎買いになっている。

（まだ、夜も早い）

突然に兆《きざ》した春情にあらがえず、茂右衛門の足は紅灯《こうとう》の小路《こみち》に踏み入っていた。

それから半刻（一時間）ばかり、のちのことである。

柳町にある縣家の屋敷に、大目付の斉藤利正から使いがあった。

明日の葬列に関して、経路の変更を伝えてきたのである。

それにより、明日の御供番の発進刻限に、一部、変更が生じたのだ。

だが、茂右衛門は留守である。

こんなとき、縣家の用人が適当な言い訳をして御用の向きを承《うけたまわ》る、というのが通常のことであった。

そのうえで、急ぎ茂右衛門の行方を探して使者のおもむきを伝えるべきところ、よほどに腹に据えかねていたのか、妻女の楽がしゃしゃり出てきて使者に言い放った。

「当主は、いまだ城から戻らぬ。どうせ、こおろぎ町で酒でも食らうか、白首《しろくび》でも抱いておられるにちがいありませぬ」

これには縣家の用人もあわて、しきりに弁明に努めたが、大目付の使者は、さすがに鼻白んだ。

なにしろ、相手が悪すぎる。

縣茂右衛門が、松平近栄派の要《かなめ》であるのに対し、大目付の斉藤利正は、大野の国許における左門君派の中心人物であったのだ。

いわば、政敵同士であった。

使者から、そのことを聞くやいなや、斉藤利正はこれは問題にすべき、と考えた。

それで、縣の家からも、また斉藤利正の手の者も、両者がこおろぎ町に駆けつけて、茂右衛門の行方を探す、という騒ぎになってしまった。

茂右衛門が、曖昧宿の女郎と同衾《どうきん》していた現場が押さえられ、もはや、どうにも言い逃れのできない事態になったのだ。

——若君ご母堂の葬儀を明日に控えながら、不謹慎、ここに極まれり！

斉藤利正は、不届きの廉《かど》を理由に目付衆に茂右衛門を捕縛させ、茂右衛門は曖昧宿から牢へと直行になった。

そのまま五日間、茂右衛門は牢にとどめられ、やがて評定の結果だけが伝えられた。

御役召し上げのうえ、家禄三百石を半分に減じ、九十日の閉門、という厳しい処分であった。

葬儀は、茂右衛門を抜きで滞りなく進み、お布利の方は圓立寺において火葬のうえで遺骨を納められた。

ついでながら、お布利の方の素性について一言しておこう。

郷里は豆州《ずしゅう》（伊豆）熱海村から近い橋本村の庄屋で平作《へいさく》という者の娘、ふりであった。

家譜《かふ》ではそうなっているが、はたして庄屋の娘であったかどうかは、今となってはわからない。

のちに大名の生母となる女であるから、多少の粉飾がなされた可能性がないでもない。

ともあれ主君の直良に、嫡男がいないのを悔しがった側役の松田与左衛門が、金《かね》の草鞋《わらじ》で尋ねて側女《そばめ》にあげた女である。

だが庄屋の娘とはいえ、身分は低い。

当時にあっては、側女などというのは、単に嫡男を得るための道具に等しかった。

そのため遺骨は、郷里の一族の元へ送り返されることになった。

だが、のちに左門君が世子と決して参府して、松平直明《なおあきら》を名乗ったころ、布利の遺骨は江戸下屋敷から近い三田《みた》の大乗寺《だいじようじ》に改葬されて、蓮台院實人妙乗大禅定尼《れんだいいんじつじんみようじようだいぜんじように》の諡号《しごう》を与えられた。

さらに、直明が越前大野から播磨明石《はりまあかし》に国替えののちは、明石藩主の菩提所となる長寿院に再び改葬されている。

ところで、茂右衛門である。

牢を出されたころには、もはや、その醜行は城下に響き渡って、嗤《わら》い者に成り下がっていた。

しかも——。

屋敷に戻ったところ、すでに妻の楽は、お付きの女中たちを引き連れて、さっさと実家《さと》に戻っていて空っぽだった。

待ち受けていたのは、乙部勘左衛門のところの用人で、この場にて離縁状を書けと迫った。

元より離縁は望むところであったが、

——ところで、小太郎はどうする。

と尋ねた。

楽が産んだ長子は、わずかに二歳であった。

対して乙部の用人は、

——あなたさまの子などは要らぬ、とのことでございますよ。

嘲《あざけ》るように言ってのけた。

——そうか。

やはり、心まで冷酷な女であったか。

半ばは、呆然としながら離縁状を書いた。

2

九十日の閉門中に、誰一人として茂右衛門に近づこうとする者はいなかった。

（あれほど、勝手にすり寄ってきて、さんざんに、たかっていたやつらが……）

ひと、というものの身勝手さを今さらのように知って、怒りに震えたのも、ごくごく短い期間だった。

やがて、父の代からの家来だった者までが、茂右衛門を見限って、ひとり、またひとりと去っていくにいたって、茂右衛門の心は凍《こご》えた。

（それほどに、俺は悪いことをしたのか）

こおろぎ町は、城下唯一の遊里で、家中の者なら、たいがいの者が一度や二度は、女郎買いに向かうところであった。

それが、まるで前代未聞の醜行のように扱われた……。

なるほど、時期は悪かった。

それは、たしかにそうだが……。

あれは、大目付の斉藤に嗅ぎつけられたのが、いかにもまずかった。

ほかの者であったなら、楽の常軌を逸した暴言を聞いても聞かぬふりをして、あれほど露骨な騒ぎにはしなかったはずである。

（いや、それよりも、なによりも……）

やはり楽が、天下無類の悪妻であった。

そんな愚痴めいた思いが、くる日もくる日も、まるで走馬燈のように茂右衛門の心の裡《うち》で巡るのだ。

いっそ、腹でも切って果てるか。

そんな思いにもとらわれる。

だが、母に置き去りにされ、可愛い盛りの小太郎が、どうにか茂右衛門の短慮を押しとどめていた。

いたいけな我が子、小太郎だけが縁《よすが》となって、茂右衛門は自らの膝に乗せて遊ばせながら、なんとか心の平衡を保っていたのである。

閉門が解けると同時に、屋敷替えを命じられた。

師走に入り、城下が雪にずっぽりと埋もれたころである。

侍町《さむらいまち》のはずれ、鷹匠《たかじょう》の組屋敷から近い水落町《みずおちちょう》に移ってからも、茂右衛門は、しばしば自死の誘惑に襲われている。

移った屋敷の北方に、深い沼があった。

そこへ身を投じたい、という想いに惑わされていたことや、沼が竹矢来《たけやらい》で囲まれ番所ができて、死への願望が消え失せたことは、すでに述べた。

それまでに、三年の年月が流れていた。

これといって、することもない。

ただ屋敷に籠もって、ひたすらに酒を食らっていた。

ときおりは城下の商人町にも出たが、登城や下城の時刻ははずし、縣茂右衛門と知られぬように、菅笠で面体を隠すのが習慣となった。

その間に、縣家の用人や郎党も次つぎと去り、ついには年老いた下男と下女の二人だけが残って、茂右衛門と小太郎の世話に明け暮れている。

だが、小太郎が婆やと呼んでなついていた下女が死んだ。

すると下男の彦蔵《ひこぞう》が、どこからか、おきぬという若い娘を新しい下女として連れてきた。

おきぬは、腰も胸も大きく張った、底抜けに明るい娘であった。

しかも、働き者である。

若い女の登場で、暗く淀んでいた屋敷内までが、ぱっと華やいだような心地がした。

おきぬの着付けは、まことにゆるやかで、洗い物などしているときには胸乳の谷間がくっきりと見える。

思わず茂右衛門の目が釘付けになるのを知って、おきぬは、にっと嘲るように笑う。

これはもう猫に鰹節も同然で、ついに茂右衛門は、おきぬを押し倒した。

おきぬが十九のときである。

これを機に、茂右衛門の人生観は、大きく変わったようだ。

半知されたとはいえ、百五十石の家禄は、大野城下では上士の部類である。

無役ゆえに手当は望めないが、十分すぎる俸禄だといえた。

家族は茂右衛門と五歳になる小太郎、それに老下男の彦蔵と、下女のおきぬ。

(上等ではないか……)

これからは、好き勝手に生きてやろう。

茂右衛門のうちに、居直りに似た、ふてぶてしい心地が芽生え、だんだんに枝葉を伸ばし根づいていった。

そんななか、越前大野では、大きな変化が起こった。

茂右衛門がおきぬに手をつけた翌年——。師走二日になって、左門君が松田屋敷を出て、本丸の奥に入ったのである。

つまりは、松平直良が、ついに十一歳の左門君を世子と定めたのであった。

こうして、十年ほどにも及ぶ世継争いは、静かに幕を閉じたのである。

そして翌年、十二歳の左門君は鎧始めの儀式を終えたのち、参府して徳川家綱《いえつな》に拝謁した。

それと入れ替わりのように、芝高輪に住む松平近栄は、直良との養子縁組を解いて、出雲松江藩を襲封した近栄の兄から三万石の分与を受け、出雲に戻ることになった。

それで、乙部勘左衛門をはじめとする松平近栄派の面面は近栄に従い、まるで落武者同然に出雲広瀬（島根県安来市広瀬）の地へ向けて、越前大野から旅立っていったのである。

もちろん、楽も消えた。

そのことは茂右衛門にとって、胸のつかえが取れるような快事であった。

（人間万事塞翁《さいおう》が馬とはいうが……）

まさに、これではないか、と茂右衛門は思ったものだ。

あの事件がなければ、茂右衛門もまた松平近栄の家臣として、遠く出雲の地へと落ちていくことになったであろう。

（さすれば……）

五万石の家臣から三万石の家臣となれば、元の三百石も、おそらく減じられたであろうな。

そのような、益体《やくたい》もない胸算用までして、気ままに遊んで暮らせる身の上を、かえって幸せだとさえ思うようになったのである。

その快事が、ますます茂右衛門の開き直りを増長させた。

だが、ここに落とし穴があった。

そのとき三十四歳になっていた茂右衛門は、もはや家士としての自覚も薄れ、ただただふてぶてしいだけの男になり下がっていた。

そんな己を、執政たちが、どのように見ているかなど、まるきり無頓着であったのだ。

乙部をはじめとする近栄派が出雲に去ったころ、おきぬとの間に男児が生まれた。

さらに、二年後には女児を得ている。

こうして新たな子を得れば、当然ながら届けが必要であったが、ただ面倒くさい、という理由だけで茂右衛門は、これを放置していた。

だが、茂右衛門の屋敷に子が増えたことが、いつまでも知られずにいるはずがない。

おそらくは、誰だかの告発があったものと思われるが、ある日、茂右衛門は藩庁に呼び出された。
おきぬに生ませた子のことを目付に尋ねられ、
――いや、つい、うっかりと……。
言い訳はしたが、
――うっかり、ではすまされぬ。その怠慢、まことに不届きである。
――ははあ、おそれいりましてございます。
――して、二男の名は、なんと申す。
――余介《よすけ》とつけました。
――なに、余りの余介か……。
目付は不快そうな顔つきになり、
――で、女児《おなご》のほうは……。
――トドメとつけました。
――なに、トドメだと……。そのほう、ふざけておるのか。
目付が怒声を発した。
――いえ、決してふざけてなどは……。
たしかに余分な子と思ったのと、もうこれ以上は子が増えても困るとトドメと名づけたのだが、これはたしかにまずかったかもしれない。

だが、後悔しても、もう遅い。

——追っての沙汰を待て。

いかにも不快そうな声で言われた。

この取り調べで、よほどに心証を悪くしたようだ。

そして茂右衛門は、さらに半知の七十五石に落とされたうえ、普請方組屋敷や郷方組屋敷のほかは、下士の多くが住む北山町へと屋敷替えになってしまった。

しかも、余介もトドメも藩籍は得られず、下女の私生児扱いとなったのだ。

それが七年前、茂右衛門三十八歳のときである。

そのとき、長子の小太郎は十歳で、すでに後寺町にある坂巻道場にも、清水町にある家塾にも通わせていた。

茂右衛門自身は、石灯籠小路にある村松道場に学んだが、伜もそこに通わせるには、どこか忸怩《じくじ》たるものがあったのだ。

そういった物入りのうえに、おきぬの生んだ子が二人増えている。

暮らし向きは、ぐんと厳しくなったが、茂右衛門の生活態度は一向に改まることなく、城下の商店に借財が積もっていった。

そんななか、老僕の彦蔵が死んだ。

すると、代わりの下男として、おきぬが自分の次兄である留三《とめぞう》を、牛ヶ原村から連れてきた。

牛ヶ原村は城の西方、古くから荘園として発展したところで、南北朝時代を描いた『太平記』には、淡川右京亮《あいかわうきょうのすけ》が京の六波羅《ろくはら》の命を受け、牛ヶ原に陣を張ったと記されている。

それはともかく、そのころからおきぬは女主人同様の存在となっていき、縣家は下男も下女もなく、おとなが三人、子供が三人の六人家族のような様相を呈しはじめた。

七十五石の俸禄で六人家族ともなると、もう余裕はない。

それでも茂右衛門は内職をするでもなく、酒ばかりを食らって、ぶらぶらしていた。

そんな茂右衛門に代わり、留三が屋敷地を耕して畑を作って野菜を育て、内証の一切はおきぬが仕切った。

相変わらずおきぬは陽気で、よく働き、子供たちの面倒もよく見た。

さすがに長子の小太郎は、おきぬを母とは認めないが、酒ばかり食らって働かない父親をないがしろにせず、愚痴もこぼさない姿を見て育ったから、一目《いちもく》置いているようだ。

3

そんななか、また城下に変事が起こった。

茂右衛門がさらに俸禄を減らされ、北山町に屋敷を移されてから三年目のことだった。

まず、山路《やまじ》の事件、と呼ばれる出来事が起こり、郡《こおり》奉行であった山路帯刀《やまじたてわき》が目付衆と闘い斬り死にしたという。

というのは、噂であって、長らく無役のまま打ち過ぎて、家中ともまったく交わらないでいる茂右衛門には、正確な情報は届かない。

だが、この怪事件の裏には藩経営の銀山不正があって、その首謀者が国家老の小泉権大夫であったともいう。

すべては、長子、小太郎からの伝聞であった。

乙部家老が出雲に去ったのち、新たに国家老の座に着いたのは、それまで江戸家老であった小泉権大夫である。

小泉は、江戸藩邸における左門君擁立派の旗頭であったから、世継争いに勝利して、乙部に代わり随一の権力者となった。

その小泉権大夫が家老職を解かれ、減封のうえ五十日の閉門中に病死したそうだ。

なにやらきな臭い話だったが、茂右衛門には、さして興味も湧かなかった。

今やもう、他国の話でも聞いたようなものだ。

ただ、新しい国家老の座に、自分を陥れた、あの斉藤利正が着いた、と聞いたときには虫酸《むしず》が走った。

だが、茂右衛門にとっては、悪いことばかりではなかった。

一連の変事で空席となった郡奉行職についたのが、権田内膳であった。

権田内膳は十九年もの昔、妹の千佐登が嫁いだ相手で、茂右衛門にとっては義弟にあたる人物だったのだ。

（捨てる神あれば、拾う神あり……というやつだな）

醜行を晒して縣の家を傾けて以来、さすがに妹の迷惑にはなれぬ、と、自ら行き来も断《た》っていた妹の婚家である。

だが、陰ながら茂右衛門は、権田内膳の出世が嬉しかった。

その年の十月、権田の家では、千佐登が産んで十七歳に育った一人娘の小里《こさと》に、西《にし》山又三郎《やままたさぶろう》という者を娶《あわ》せて養子にとった。

そのことを漏れ聞いた小太郎が、剣の稽古から戻るなり、息を弾ませて言った。

——西山又三郎というのは、この正月に殿さま喜寿の祝いに催された弓の御前試合で、第一等の栄誉を得た者でございますよ。

——ほう。そうなのか。

それは喜ばしいことだと茂右衛門も思い、喜色を露《あら》わにしている小太郎を見た。

小里が生まれたのは、茂右衛門の父が没する二年前のことで、茂右衛門が大失態を起こしたころは、六歳の可愛い童女であった。

そのときまでは、まだ権田の家とも行き来があったのである。

小太郎にとって小里は、唯一の従妹であったが、話にだけは聞いて、いまだ見ぬ存在でしかなかった。

それでも小太郎は、従妹の婚儀を耳にして、素直に喜びを表わしている……。

そんな小太郎に、父として——。

(すまぬな……)

いつになく茂右衛門は、心に痛みを感じたものだ。

そのとき小太郎は十三歳になっていた。

ときおり気まぐれで剣の相手をすれば、

（これは……）

と思えるほどの才を示した。

また、酒の余興くらいなつもりで口頭試問をおこなってみると、学問のほうも、なかなかに思える。

（この俺さえ、もっとしっかりしていれば……）

名門の家を、継承させるに足る人材に育ったはずを、と我が来し方に残る悔いが、深く心に刻まれもする。

なにより、小太郎は健気《けなげ》であった。

この自分は、世捨て人同様に世間と交わらずに過ごしているが、おそらく小太郎は、坂巻道場においても、また家塾においても――。

――あやつの父親は、破廉恥きわまりない男でな。

などと陰口をたたかれ、あるいはもっと陰湿ないびりに遭っているやもしれぬ。

少なくとも小太郎が、ただの一人も友人を連れてこぬことが、仲間はずれにされている証拠だ、と茂右衛門は思っていた。

しかし、小太郎は、そのような愚痴を一切口にはしない。

そして合間を縫うように、六歳下の弟の余介に、これまで家塾で学んできた学問を教えたり、剣の手ほどきもおこなっている。

そんな小太郎が、ただただ哀れであった。

さて、その年も押し詰まり、しんしんと降り積もる雪がやみ、快晴に晴れ渡った日の昼下がりのことである。

供を連れ、頭巾で面体を隠した女性が茂右衛門の屋敷を訪ねてきた。

思いがけなくも、千佐登であった。

酒茶碗を手にしたまま、声も出ない茂右衛門に向かって、

——兄《あに》さま。

と千佐登のほうから声をかけてきた。

——ふむ。

——長らく無沙汰をいたしまして、さぞ薄情な妹だと、お腹立ちでございましょうな。

三十八歳、すっかり貫禄のついた千佐登が、静かに頭を下げた。

——なに、そのようなことはない。

ようやく茂右衛門は手にした酒茶碗を置いて、座り直してから言った。

——面目ないのは、こちらのほうだ。あまりのへらへらゆえに顔すら出せぬのだ。

絶縁されても、文句などない。

それは、正直な気持ちであった。

——なにを、おっしゃりますか。千佐登は、そのような没義道《もぎどう》な女ではございませぬ。気にはなりながら世間の目を憚り、ついつい十数年の星霜《せいそう》を重ねましたこと、まことに心苦しく思っておりましたのえ。

（……………）

にわかに目頭が熱くなって声も出ず、思わず慟哭《どうこく》しそうになるのを、茂右衛門は必死にこらえた。

それから千佐登は、実は二ヶ月前に養子を取って、娘の小里の婿としたことを告げ、その婚儀の案内もしなかったことを、しきりに詫びてきた。

——なんの。そのような詫び言は不要なこと……。というより詫びねばならぬのは、わしのほうだ。さぞ、おまえにも肩身の狭い思いをさせたであろう。それが過日には、ご亭主どののご出世、さらには姪の慶事と聞いて、多少なりとも肩の荷を下ろした心地であった。陰ながら、喜んでいたのだぞ。

こうして、兄、妹の久方ぶりの会話がはじまった。

途中、おきぬが茶と、茶請けに漬け物を運んできたが、分をわきまえて、さっさと姿を消した。

——見てのとおり、あまり誉められた暮らしではない。ご亭主どのの障りにもなろうから、ここには、あまり顔を出さぬのがよいのではないか。

——まあ、兄上が好き勝手な暮らしぶりでございますことは、聞き及んでおりますが……。

千佐登は苦笑したのち、

——聞けば小太郎さまは、兄上の若いころに似て、なかなか優秀だと承っております。されば、いずれは御役について、ご活躍の機会もございましょう。せめて兄上は、小太郎さまの足を引っ張るようなことだけはせず、慎重にお暮らしくださいますことを願っております。

ちろりと、痛いところを衝かれて、

——うむ。

とだけ、茂右衛門は答えた。

それに対して、千佐登は続けた。

——我が主人が申しまするには……。

——ふむ。

——あと、二年もいたしますれば、小太郎さまも元服《げんぷく》のお年頃でございますなぁ。

——ううむ……。

元服というのは、現代であれば成人式——童《わらわ》からおとなへの通過儀礼で、だいたい十五、六歳くらいで元服の儀式を執り行なって、初めておとなと見なされる。

具体的には武家の場合、烏帽子親《えぼしおや》というのを定め、冠者（元服をする者）の前髪を落として、烏帽子を被せてもらう。

これを烏帽子始めの儀といって、さらに幼名を廃して、新たな元服名を名づけてもらって儀式は終わる。

以降、烏帽子親と冠者の間柄は、実の親子関係になぞらえられたので、できるかぎりは有力者に烏帽子親になってもらう必要があった。

そのことについては、近ごろになって、茂右衛門の胸にや、す、り、を掛けてくる気がかりであった。

——その時期がくれば、我が夫が烏帽子親になってもよい、と申しております。

——なに、それは、まことか。

ひと筋の光明がさしかけられた心地がして、茂右衛門は膝を乗り出した。

——どうして空言《そらごと》などを申しましょうか。ただし、兄上に、ひとつお願いがございます。

このとき茂右衛門は、きょうの千佐登の訪問の目的は、小太郎のことか、と気づいた。

——どのようなことだ。

——はい。ことばを飾らず申し上げますので、どうか、お怒りなきようにお願いいたします。なにしろ小太郎さまは、これからの……将来ある身でございますからな。

さては、おきぬを追い出せ、というのか。

とっさに茂右衛門の頭に浮かんだのは、それである。

それとも、断酒をせよ、というのか。

だが、小太郎のためなら、たいがいのことなら聞こうとも思っていた。

そして千佐登の願いというのは、思いもかけないものであった。

小太郎が元服ののちは、すみやかに隠居願いを藩庁に出し、家督を小太郎に譲れと言うのである。

——さすれば、時宜《じぎ》にかなうころ小太郎さまに、きっと郡方《こおりかた》の御役を与えようと主人が申しております。

——いや、なんとも、ありがたいおことばじゃ。もちろん、お約束をしよう。

棚からぼた餅ではないか、と茂右衛門のうちに希望があふれた。

さらには、おまけまでがついていた。

——口幅ったいことを申すようですが、洩れ聞くところ兄上には、城下の商人に、掛け売りの借財が、よほどに積もっておられますような……。

——むう……。いや、汗顔のいたりだ。

——それは小太郎さまのためにもなりませぬし、なにより、親戚として権田の家の恥ともなります。それゆえ借財については、権田の家にてきれいにいたしとうございますが、かまいませぬか。

——かまうもなにも、まことにありがたい話だが、それは、ご亭主どのも承知のことか。

——はい。主人から出た話でございますよ。

——なんと……。

信じがたい展開に、茂右衛門は声もない。

——そのかわり、今後の借財はまかり成りませぬ。もし困窮のことあれば、必ず、わたしまでご連絡をくださりませ。

——重ね重ね、あいすまぬことだ。このとおり礼を申す。

再び頭を下げながら、

（はて……）

と茂右衛門は思っていた。

千佐登の夫、權田内膳は、よほどに小太郎が気に入っているようだ。

あるいは、妻の実家の没落を、大いに気にかけていたようでもある。

それが郡奉行に出世して、これ以上は放っておけぬ、と考えたのかもしれない。

（それにしても……）

ずいぶんと、羽振りがよさそうではないか……。

なにか、裏があるのか、と勘ぐりたくもなるような、これ以上はないと思われるような話なのであった。

このとき、ちらりと茂右衛門のうちに芽生えた危惧は、のちに現実のものになるのである。

4

地獄で仏に出会ったような、妹との再会によって、茂右衛門の人生観に多少の変転があった。

実行できたかというと、はなはだあやふやながら、多少とも、酒を控えようとの心映えは生まれた。

そして古行李《ふるごうり》の底から、かつて自分が勉学に励んだころの書籍を取り出し埃を払い、小太郎を相手に講ずる、というような変化もあった。

千佐登も、ときおりのように顔を覗かせ、幾ばくかの金を、そっとおきぬに握らせるようになっている。

新しい春が巡り、夏が訪れようというころになると、なにか茂右衛門の内側に、すがすがしい風が吹き抜けるような心地になってきた。

これが、心境の変化、というものかもしれぬな、などと茂右衛門はしみじみ思うことが多くなった。

秋が去り、また大野の町に雪が落ちはじめて新年がくる。

酒を愛し、小太郎と語らい、貧乏ながらも飄飄と、心静かな生活が二年続いて、ついに小太郎が十五歳の新春を迎えた。

そして雪解けの季節がきて、ツィッピー、ツィッピー、と甲高く鳴く四十雀《しじゅうから》の声も聞かれるようになったころ――。

千佐登がやってきて、

——兄さま、まことに言いにくいことでございますが……。

——ふ、む……。

千佐登の様子に、少しばかり茂右衛門は動転した。

——もしや。小太郎の元服の件か。

実は茂右衛門、そろそろではないかと、ひそかに期待をしていたのである。

——はい。そのことでございますよ。主人とも今年には、と常づね話し合っておりましたのですが、よんどころない事情から、まことに申し訳ないことながら、来年までお待ちをいただけないでしょうか。

——よんどころない事情……。はて、なにか問題でも起こったか。

——いえ、いえ、そうではありませぬ。実は小里が懐妊いたしましてな。

——なに、そりゃ、めでたいことではないか。

——なにしろ初孫でございますゆえにな。主人もわたしも、どうにも、ほかのことに手がつきませぬ。

——いやいや、そういう事情なら是非もない。で、いつごろ生まれそうだ。

——はい。この秋ごろには……。

――そうか。無事のご安産を祈っておるぞ。

ということになったのである
そして仲秋（八月）に小里が男児を得たとの知らせが入った。

そうか。

千佐登も祖母《ばば》さまになったか、と茂右衛門は目を細めたものだ。

開けて延宝四年（一六七六）で、茂右衛門は四十四歳の新年を迎えた。

長子の小太郎は十六歳、今年こそは元服できそうであった。

五節句のひとつ、端午《たんご》の節句に、茂右衛門は新堀町にある権田内膳の屋敷を訪れた。

当の権田から、招きを受けたのである。

いよいよ小太郎元服の件に、ちがいなかった。

さすがにその日は酒も控え、茂右衛門は留三を供に、手土産を選ぶべく商人町へ出た。

この日、商店の多くは遊びの日で、休業しているところが多かったが、粽《ちまき》や柏餅を売る菓子屋はさすがに営業していて、結局、茂右衛門は粽を求めた。

そして夕刻近く、多少の面映ゆさも感じながら権田家の門をくぐった。

――ま、堅苦しいことは、それくらいでよい。よう、こられた。きょうお呼びしたのはほかでもない。

無音《ぶいん》に打ち過ぎた詫びを口にする茂右衛門に鷹揚にうなずいたあと、権田内膳が持ち出したのは、やはり小太郎の元服についてであった。

——なにしろ、めでたいことじゃからのう。わしゃ、お九日《くにち》さまあたりがよかろうかと思うが、いかがでござろうかの。

と権田は言った。

お九日さまとは、九月九日の重陽《ちょうよう》の節句のことで、陽数（奇数）が重なるめでたい日とされている。

元より、茂右衛門に否やなどはない。

——なにとぞ、よしなにお取りはからいくださいますよう、伏してお願い申し上げます。

大感激しながら戻り、しかじかの由を告げると、小太郎も顔を輝かせた。

さて、そうと決まると、大切な小太郎の元服までは、もう四ヶ月ほどしかない。

衣服を新調してやりたいし、大小のこともある。

元服までは、小刀一本を腰に差すが、いざおとなの仲間入りをすれば、武家の子息らしく両刀をたばさむ必要があった。

衣服を新調するくらいなら、なんとかなろうが、両刀を買い揃えるほどの余裕はない。

（幸い、親父どののがあるが……）

これまで借財がかさんだとき、よほどに売り払おうかとも思ったものだが、早まらずによかった……と茂右衛門は思った。

問題は、自分のお下がりを小太郎に与えるか、亡父の両刀にするか、で茂右衛門は迷った。

実は亡父のよりは、茂右衛門の刀剣のほうが、モノとしては、破格によい。

亡父のは無銘だったが、茂右衛門のは伊達政宗《だてまさむね》が愛用した山城大掾國包《やましろだいじょうくにかね》の作であった。

（代々の家宝にしようぞ）

茂右衛門が元服のとき、親父どのが言い、張り切って手を尽くして入手した天下の逸品であったのだ。

（しかし……）

醜行を晒して、ついには家禄を四分の一にまで落とした我が両刀などは、縁起が悪かろうか。

それより無銘だが、中老にまで上った亡父の腰の物のほうが、小太郎にはふさわしかろうか。

そんなふうに思い惑うのも、実は茂右衛門にとっては心楽しい悩みなのであった。

だが、そんな愉楽の日日も、そう長くは続かなかった。

それどころか、急転直下に奈落の底へ突き落とされるような、できごとがあった。

それは昨年――。

七夕《しちせき》の節句も終わって五日目、七月十二日のことである。

その朝、いつものように家塾に出かけた小太郎が、ほどなく血相を変えて戻ってきた。

――父上、一大事でございます。叔父上が……、権田の叔父上のほか、ご一統が……、きのう、目付衆に捕らえられたと耳にしました。

――まさか……。そりゃ、なにかのまちがいであろう。

――いえ……。家塾は、その噂で持ちきりで……。それで、新堀町を窺いにまいりましたところ、叔父上の屋敷まわりは、役人でいっぱいでございました。

――なんと……! で、いったい、なにゆえに捕らえられたというのだ。

――それが、一向にわかりませぬ。

青ざめ、心持ち震え声になって小太郎は言った。

――ううむ……。

まさに青天の霹靂《へきれき》であった。

5

だんだんに、事情が明らかになってきた。

権田内膳は、郡奉行という地位を悪用して、藩飛び領の西潟《にしがた》代官所や悪徳商人と結託し、藩米の不正をおこなっていたという。

越前国丹生《にゅう》郡にある飛び領、西潟十三ヶ村からは、およそ五千石ばかりの米がとれるが、徴税した米を代官所の蔵に収めたのち、それを回米の船に移す途中で正規の米を屑米《くずまい》と入れ替える。

という手口で生じた利ざやを、懐に入れていたという。

それが発覚し、秘かに探索中の目付衆によって、上米と屑米の米俵が入れ替えられる現場まで押さえられたというから、万事休すであった。

奉行の権田内膳をはじめ、不正に関わった郡方の役人、西潟代官所の役人などなど、捕縛者は多数にわたり、ただちに取り調べがはじまった。

そして、八月も半ばごろ、処分の沙汰が出たのである。

その詳しい内容まで茂右衛門は知らないが、権田内膳と、養子の又三郎には切腹の沙汰が下り、権田家用人と二人の若党、それに西潟代官に手代頭の四人が死罪となったほか、多くの郡方や西潟代官所の役人が改易のうえ藩外追放となった。

内膳の妻の千佐登、そして娘の小里は女ゆえ、また小里と又三郎の間に生まれた男児は幼いゆえに、断罪を免れた。

そして、格別の慈悲をもって、との前口上付きで、親戚にあたる縣茂右衛門に預けられることになったのである。

このとき、妹の千佐登は四十一歳、姪の小里が二十歳で、小里の子はまだ二歳であった。

千佐登も小里も、しばらくは泣き暮らしていたが、茂右衛門もまた茫然自失した。

小太郎の元服などは、夢のまた夢――。

（いったい俺は……）

いかなる不運の星の下《もと》に生まれたのであろうか……。

心静かな心境などは微塵と砕けて、どこか世間を呪うような心持ちさえ芽生えはじめていた。

　こうして縣家は、九人が暮らす大家族となった。

　だが、女たちの立ち直りは素早かった。

　とにかくは、生活《たつき》を立てていかねばならない。

　ふと気づくと、千佐登も小里も、どこから内職の口を見つけてきたものか、朝から晩まで仕立物に余念がない。

　おきぬも、変わらず働いて、小太郎もまた、ついに家塾にも道場にもいけなかった弟の余介に、相変わらず学問と剣を教え、合間合間には兄弟二人して留三を手伝って畑仕事もする。

　そして八歳になったトドメは、子守娘よろしく姪孫《てっそん》、千徳丸《せんとくまる》の面倒を見ている。

　ふと気づけば一家のうちで、なにかしらの働きがないのは茂右衛門と、二歳の幼児の千徳丸の二人だけ……。

（これは、いかぬな……）

　さすがに茂右衛門も、どことなく居心地の悪いものを感じはじめた。

（といって、俺になにができる……）

　十五年この方、酒を飲む以外は働いたこともない。

（そうだ）

思いついたのが釣りであった。

元もと、釣りは嫌いではない。

無聊《ぶりょう》を慰めるために、ときおりは釣りに出かけていた。

（よし。せめて、家族の菜くらいは……）

と、一大決心をなして魚釣りを日課としたのである。

そうして赤根川に通いはじめて、ひと月とたたぬうち――。

あの［越後屋］の主人、文五郎が茂右衛門の前に姿を現わした。

やがて立冬も過ぎて、二十四節気の二十番目の小雪《しょうせつ》のころに、越前大野には初雪が降りる。

その間、何度か文五郎は茂右衛門の釣り場に姿を現わし、その都度、［梅むら］に誘うようになった。

（はて、なにが目的か……）

不審はあったが、もはや自前でこおろぎ町で飲める身ではない。

つい、ずるずると誘いに応じた。

だが、文五郎は世間話をするばかりで、一向に腹の底を見せない。

また、縣の家の噂は聞いていように、それを持ち出して気の毒がるふうでもない。
（かまうものか）
せっかく馳走してくれるものなら、遠慮はせぬぞ。
茂右衛門は大いに食らい、かつ飲み、あまつさえ家族のために、折り詰めまで頼んだ。
そして十月も半ばを過ぎると城下も田畑も雪に閉ざされて、その年の釣行《ちようこう》は終わった。
再び、屋敷モグラに戻った茂右衛門だが――。
そのうちに、また文五郎が［梅むら］に誘ってこよう。
と、半ばは期待していた。
だが、ひと月たち、ふた月が過ぎ、ついに新年がきても、一向にその気配がない。
（ふむ……）
では、あれはなにだったのだ。
大いにあてがはずれた思いと同時に――。
（もしや、あれは、文五郎の単なる気まぐれであったのか）
なにやら残念な気もしていた。

ところが——。

二月七日は大野城下の産土神《うぶすながみ》である清滝社の祭礼日で、二年に一度は神輿《みこし》も繰り出しての盛大な祭となる。

今年は、神輿の出る年であった。

幸いに、晴天に恵まれたその日——。

去年の今年で、まだ世間に気が差す千佐登母子に、茂右衛門のほかは、皆が祭見物に出かけていった昼下がりのことである。

ずいぶんと気候もゆるんできたが、屋敷の藁屋根や日蔭地には、まだ雪が残る。

おまけに炭が底をつき、火鉢には火の気もない。

寒さしのぎに襤褸《ぼろ》に似た襟巻きを首に巻き、茂右衛門が座敷で、毛羽《けば》の目立つ古畳に大徳利を据えて、ちびりちびりと飲んでいるところに——。

——兄さま。

千佐登がやってきて言った。

——五番下町の［越後屋］というのをご存じですか。

——それが、どうした。

——はい。そこの番頭で、要介と名乗る者が訪ねてまいっておりますが……。

——ふむ……。

重い腰を上げ、廊下の途中で襟巻きを投げ捨ててから玄関に出ると、若いのか年寄なのか、よくわからぬ男が立っていて、

——これは、お初にお目にかかります。わたしは……。

と初対面の挨拶をはじめたのを、茂右衛門は止めた。

——挨拶などよい。用を申せ。

——あ、はい。主人が今宵あたり一献いかがか、と申しております。

——ふむ。［梅むら］でか。

——さようでございます。

——あいわかった。時刻は？

——暮れ六ツ（午後六時）ごろは、いかがと……。

——承知した。ご苦労であった。

言うだけ言って、番頭に背を向けた。

まるで木で鼻をくくったような会話になったが、木戸にガタがきた玄関先は、すきま風が入ってきて、寒くてかなわなかっただけのことである。

その証拠に——。

座敷に戻る途中、廊下に投げ捨てた襟巻きを拾って首に巻きつけながら、茂右衛門はうっそりと笑っていた。

軒《のき》　猿《ざる》

1

脇差一本を腰に差し、綿入れを着込んで茂右衛門は屋敷を出た。

越前大野が雪に閉ざされて、このかた——。

縣家では、玄米の飯の菜といえば、里芋に切干大根尽くしの日日が続いている。

それが文五郎の誘いがあって、

(久しぶりに、うまいものが食えるぞ)

であった。

仲春《ちゆうしゆん》というのに相変わらず菅笠をかぶり、いそいそと残雪の道をこおろぎ町に向かっている。

すると［梅むら］の前では、あの使いの番頭が待ち受けていて、

──そのままのお姿で、どうぞお二階へ……。

と、［梅むら］の引き戸を開けながら言った。

（ふうむ……）

このとき茂右衛門は、なにやら尋常ならぬものを感じた。

というのも──。

その引き戸には、本日は休業つかまつります、との張り紙があって、実際、一階の入れ込み土間は、がらんとして客の姿がない。

きょうは清滝社の祭礼日で、城下の商店はたいがいが休みだ。

だが、居酒屋、食い物屋、旅籠《はたご》などは別口で、祭礼見物の流れを当て込んだ書き入れ時となる。

事実、こおろぎ町は賑わっていた。

（それを……）

文五郎は、わざわざ店を貸切って茂右衛門を招いたようだ。

しかも、番頭をまるで見張り役のように立て、茂右衛門に菅笠を被ったままで入れ、と言わんばかりである。

つまりは人目を避けて、目立たぬようにというのであろう。

(どうやら……)

今宵はいよいよ、文五郎が自分に近づいたわけが明かされそうだぞ。

と、茂右衛門は思っていた。

だが文五郎は、茂右衛門に無沙汰の詫びを言ったのちは、またまた毒にも薬にもならぬ世間話をはじめながら、さかんに酒や料理を勧めるばかりである。

そんな時間が半刻(一時間)以上も過ぎて、だんだんに茂右衛門も焦《じ》れてきた。

――ところで［越後屋］。

――はい。

――なにか、俺に話があるのではないのか。

とうとう、茂右衛門のほうから切り出してしまった。

――ははあ……。

すると［越後屋］文五郎は、少しばかり首をひねったあと、

――縣……さま、とは珍しい名でございますが、もしやご先祖は、この越前国は足羽郡《あすわぐん》の江上郷《えかみごう》ではございませぬか。

と、思いがけぬことを言った。

この江上郷。『和名抄《わみょうしょう》』には〈衣加美《えかみ》〉と記される古代からの地名で、現代では福井県吉田郡松岡芝原あたりに比定される。永平寺《えいへいじ》の北西、えちぜん鉄道勝山《かつやま》永平寺線の観音寺町《かんのんじちょう》駅あたり、と述べるほうがわかりやすかろうか。

ま、それはともかく――。

――いかにも……というより、我が家にはそう伝わっておる。

と、茂右衛門は答えた。

縣の姓《かばね》は、大化の改新以前の縣主《あがたぬし》（県主）、すなわち地方行政組織の首長であった役職からきている。

縣家の先祖は、江上郷に居を構え、一帯を統《す》べる縣主の家であった、と聞かされて育った茂右衛門であった。

――やはり、さようでございましたか。

茂右衛門の答えに、大きくうなずく文五郎に、

――はて。しかし、なにゆえ、そのようなことを……。もしや、ゆかりの者なのか。

と、茂右衛門は尋ねた。

縣という姓だけで、我が一族の本貫《ほんかん》の地まで知っている者など、家中にもいないは

ずである。

——まあ、ゆかりと言えば、なるほど、縁《えにし》があったということでございましょうかなあ。

文五郎、まるで禅問答のような返事をする。

——すると、おまえも、江上郷あたりの出身か。

——いやいや、そうではございません。ございませんが、まぁ、もう一献。

文五郎は不敵な笑みを浮かべて、銚釐《ちろり》を差し出してきた。

それを酒茶碗で受けると、文五郎がこう言った。

——ときに、縣さま。縣嘉膳《あがたかぜん》というお名に、心覚えはございませぬかな。

——なに、縣嘉膳とな……。

いささかどころではなく、茂右衛門は驚いた。

——心当たりが、ございますか。

文五郎が、押してきいてくる。

——知るも知らぬも……。いまだ、お目にかかる機会には恵まれぬが、縣嘉膳というは、我が伯父上《おじうえ》の名じゃ。はて［越後屋］、そなた伯父上のことを知っておるのか。

徳川家康の次男として生まれた結城《ゆうき》（松平）秀康《ひでやす》が、越前一国六十七万石を拝領して、北ノ庄《きたのしょう》（福井）に入ったのが慶長五年（一六〇〇）のことである。

このとき、越前国の郷士であった縣主膳《しゅぜん》が、秀康に新規お召し抱えとなった、と縣家の家譜にある。

その主膳というのが、茂右衛門にとっては曾祖父《ひいじじ》にあたる。

こうして越前松平家の家士となった縣の家だが、二代目藩主の忠直《ただなお》が罪を得て豊後《ぶんご》に配流され、三代目藩主の座には忠直の次弟である忠昌《ただまさ》が就いた。

そして、まだ九歳であった忠直の嫡子、仙千代《せんちよ》（のち松平光長《みつなが》）には越後高田二十六万石が与えられ、多くの家臣たちが越後高田へ移っていった。

亡父の兄である縣嘉膳も、その一人であったのである。

それから二ヶ月ののち、忠直の末弟の松平直良には、越前木本《このもと》二万五千石が与えられ、亡父の縣茂左衛門は、これに従い木本へと移っている。

こうして兄と弟が別れ別れとなったとき、まだ茂右衛門はこの世に影も形もない。

だから、その存在は聞いていても、いまだ見《まみ》えたことのない伯父上であった。

ただ、ある時期、父の茂左衛門が江戸詰から戻ったときに――。

――いやあ、驚いた。江戸でばったり兄者に会うた。なんと、越後高田では二千石を賜わる与力職になっておった。

土産の品を畳に広げながら、やや興奮気味に話す父のことは、茂右衛門もよく覚えている。

あれは、十歳かそこらのことではなかったろうか。

それから、父と伯父の間には、ときおり文《ふみ》のやりとりもあったようだが……。

いつしか、それすら途絶えていた。

——実は、ですな……。

伯父のことを知っているのか、と尋ねた茂右衛門に対し、文五郎は、なんとも奇妙な表情を浮かべて、こう答えた。

——縣嘉膳さまは越後高田藩において、小栗美作《おぐりみまさか》さまお預けの与力として、二千石の俸禄を食《は》む与力の家でございましてな。

——ふむ！

その話は、かつて父から聞いた話とも合致する。

——しかし嘉膳さまは、まことに残念ながら、もう二十年ほども前に身罷《みまか》られてございましてな。越後高田の縣の家と与力職を継がれたは、嘉膳さまの一子で嘉一郎《かいちろう》さま、と申されます。

——そうなのか……。

生きていれば、かなりな高齢のはず、亡くなったと聞いても、納得はいく。

――つまりは、縣嘉一郎さまが、あなたさまの従兄ということになりましてな。お歳は四十八歳でございますよ。

茂右衛門より、三つ年長ということになる。

（しかし……）

勃然と、茂右衛門の胸に疑念が湧いた。

（おぬし……。なにゆえ、そのように詳しい）

――フフ……。

文五郎は、小さく含み笑ったのち、

――我が屋号は［越後屋］でございますよ。ただ、単に、越後の出というだけではございません。江戸の親店は、古くから松平光長さま出入りの御用商人でございましてなあ。

――ふうむ……。

だが、茂右衛門、どこかで釈然とはしない。

なにやら韜晦《とうかい》された感がある。

そんな茂右衛門の顔色を読んだように、文五郎は思いがけぬことを言った。

——実は、その縣嘉一郎さまから、あなたさま宛の文をお預かりしておりますよ。

——なんと！

驚きつつも、茂右衛門のうちに、憤怒が動いた。

——そりゃ、いかなる所存だ！　それならそうと、すんなり、そう申せばよいものを……。ずいぶんと、遠まわりをしたものではないか。

だが、文五郎は落ち着いたもので、

——まあまあ。お怒りはごもっともなれど、これには、いろいろと子細がございましてな。というより、嘉一郎さまからの文がわたしの元に届いたのが、つい三日ばかり前のことでございますよ。

——そう、だったか……。

——それより、どういたしましょう。やはりお読みになりますかな。

——と、当然ではないか。

すると文五郎は、羽織の上から広げた掌で、ぽんぽんと胸のあたりを叩いて見せた。

その懐に、まだ見ぬ従兄からの書状があるのであろう。

それから、文五郎は言った。

——おそらく、あなたさまにとって重大な内容と愚考いたしますゆえに、くどいかもしれませぬが、再度お尋ねをいたします。はっきり申し上げまして、この文を読むには、かなりの覚悟が必要ですぞ。

――ふう。

興奮と、わけのわからなさに思わず息を詰めて、茂右衛門は大きな吐息をついたあと、

――覚悟も、へちゃへちゃもないわ。早く見せろ！

思わず怒鳴っていた。

2

さっそくに手渡された書簡の封を解いて、闊達な文字で記された文を読みはじめた。

（ふむ……！）

まずは挨拶抜きで、〈過ぐる三十星霜ばかりも昔……〉ではじまる文章に目を通しながら、茂右衛門は大きくうなずいた。

そこには――。

我が亡父、江戸に在りしとき貴殿の御父上の懇望《こんもう》により、山城大掾國包《やましろだいじょうくにかね》の業物《わざもの》を探《あなぐ》り、貴国へ送りしことありと聞き挿《はさ》み候。事《こと》の由《よし》は貴殿の元服に際しての音《いん》物《ぶつ》と聞き及びしが、今もご愛用くだされしことであろうと愚考仕り候。

と、続いていた。

(そうだったか……)

亡父が手をつくし、家宝にしようとまで言って、茂右衛門が元服の際に贈られた剣は、江戸にいた伯父上が探し出してくれたものであったのか。

当の茂右衛門すら知らなかった余話を、さらりと明かされて、

(まちがいなく、我が従兄の文だ……)

あるいは、文五郎の作り話ではないか、とも思っていた疑念は、きれいに晴れていた。

無役で世捨て人同様の生活を送っている茂右衛門は、外出に際して脇差一本で通している。

だから、文五郎が茂右衛門の剣の銘を知る機会などない。

家中でも、知る者は少なかろう。

知っているのは、茂右衛門自身と、ほかならぬ、今は亡き伯父上から聞かされたらしい従兄の縣嘉一郎だけであろう、と思われるのだ。

さらに従兄の書簡を読み進めながら、茂右衛門は眉を曇らせ、つい、文五郎を睨みつけた。

三百石の禄を七十五石にまで落とし、さらには、従妹の嫁ぎ先も改易されて、残された家族を引き取るという不運と凋落ぶりを知るにいたって、ただただ慨嘆するのみ

……というような文章が続いている。

改めて、我が身の不甲斐なさを恥じる気持ちと、それらの事実を、わざわざ従兄に知らせたのは、ほかならぬ文五郎にちがいあるまい、と思ったからだ。

だが、睨んだ相手は、まことに神妙な顔つきで、頭《こうべ》を垂れていた。

（…………）

文句のひとつも言いたいのを抑えて、続きを読む。

（や……！）

おそらく、茂右衛門の表情は変わったはずだ。

そこには、思いがけぬ誘いが記されていた。

数少ない親戚として、縣家の没落は見るに忍びない。いっそ越前大野を離れ、一家揃って越後高田へ来ぬか、というのである。

幸い我が家は、越後高田において二千石の俸禄に恵まれている。

もし、こちらに移り住むのであれば、我が俸禄の内から三百石を削って茂右衛門に分知をし、必ずや身の立つように計らう、と書かれ……。

なお、其処許《そこもと》新規お召し抱えの儀は、我を預かる侍大将にして、越後高田藩筆頭家老の小栗美作守正矩《おぐりみまさかのかみまさのり》殿も承知のことである、と続いていた。

(夢か、幻か……)

ひと、というのは望外の喜びに出会ったとき、かえって茫然自失して、まるで呆《ほう》けたようになるものらしい。

そのときの茂右衛門も、そうだった。

思わず生唾を飲み込み、もう一度、繰り返して読んだ。

それから、小栗美作、の文字を凝視した。

あまりにも高名であった。

かつて、その父親の小栗正高《まさたか》が、この越前大野城の城代であったことは、家塾で教えられている。

また、越後高田が寛文の大地震で壊滅的な被害を蒙《こうむ》ったあと、見事に復興させた小栗美作の手腕は、折折に小太郎から聞いてもいたのであった。

そんなこんなで……。

ただし、条件がある、と文が続くのに気づくのに、いくばくかの合間が必要であった。

（や、や……）

おそらく、またも茂右衛門の顔色は変わったであろう。

その条件というのが――。

茂右衛門一家が越前大野を出て、越後高田へくる時期については、［越後屋］文五郎の指示に従うこと。

さらには、その間、［越後屋］文五郎の指示は、小栗家老の命令と見做《みな》して、全面的に協力を惜しまぬこと、と続いていたのである。

（……………）

またも呆然として、茂右衛門は目前の文五郎を見やった。

すると、つい先ほどまで、神妙な顔つきで頭を垂れていたはずの文五郎は、ふてぶていまでの顔つきに変わり、不敵な笑みさえ浮かべているではないか。
――お、おまえ……。
か弱い声が出た。
だが、文五郎は笑みを湛えたまま、ひとことも発せぬ。
――いったい、何者なのだ。
すると、文五郎が、やっと答えた。
――それは、答えもいたしましょうが……。
言って、ことばを途切れさせたのち――。
今度は心の底までを見通すような目になって、じっと茂右衛門の目を覗き込んできた。
そして、いつにない濁声《だみごえ》で、
――いかがで、ございましょうかねえ。
地獄の底から滲み出すような声で、茂右衛門に返事を迫ったのである。
しばしの沈黙が、両者の間に流れたが……。
ふと、茂右衛門は座敷の外、さらには目前の文五郎からも殺気のようなものを感じた。

（そうか……）

つい先ほど文五郎は、この文を読むからには、かなりの覚悟がいるぞ、と恫喝めいた言を発している。

その意味を、ようやく茂右衛門は悟ったのだ。

断われば、命はないらしい。

（ということは……）

おぼろげながら、文五郎の正体や、その意図までも読むことができた。

おそらく茂右衛門に、我が藩を裏切れと迫っているのだ。

従兄の甘い誘いは、その餌にほかならぬ。

そうと悟ったとき、

（どうせ……）

ふいに憑き物でも落ちたように、捨て鉢な気分になった。

この大野にとどまったからといって、もう俺には未来がない。

それどころか、十七歳にもなる小太郎の烏帽子親も見つからず、元服もさせられない体《てい》たらくではないか……。

そんな自分に、蜘蛛の糸ほどに頼りなげではあるが、一本の希望の糸が示されている。

（やって、やろうではないか）

こんな故郷に、未練などはない。

ふと茂右衛門の脳裏に、斉藤利正の面貌が浮かんだ。

かつて自分を陥れ、今は国家老になっている憎い斉藤である。

（あやつに、一泡吹かせてやることができる……）

思ったときには、

——承知した。

と、声が出ていた。

——承りましてございます。

文五郎は、商人らしい物腰に戻り、丁寧に頭を下げてきた。

——で、なにをやればよい。

——今のところ、なにも。時期がまいりましたならば、こちらから連絡を差し上げますよ。

——そうか。ところで、今度こそ答えてもらおう。おまえ、何者だ。

——軒猿《のきざる》、と言えば、おわかりいただけますかな。

——ほほう。

軒猿といえば、越後の上杉謙信《うえすぎけんしん》が用いていた忍者のことだ。司馬遷《しばせん》が著わす『史記』に出てくる、漢の軒轅黄帝《けんえんこうてい》が忍術の始祖とされ、それで軒猿と呼ばれるそうな。

（つまりは、草みたいなものか……）

江戸幕府も、全国津津浦浦に忍者をひそませて、秘かに情勢を探っていると聞いたことがある。

なにが目的なのかはわからぬが、越後高田藩は不遇を託《かこ》つ茂右衛門に目をつけて、文五郎を越前大野に派遣した。

そして二年もの歳月をかけ、ゆっくりゆっくりと絡めとっていったようだ。

そのような手間暇をかけ、いったい茂右衛門に、なにをさせようというのだろうか。

3

その清滝社の祭礼の日から二ヶ月半——。

以来、［越後屋］文五郎から一切の音沙汰はなかった。

（どういうことに、なっておるのだ……）

訝りつつも茂右衛門は、いつしか日日の流れに埋没して、刻を過ごしてきた。

それが、きょう、ようやくに連絡があった。

釣り場に［越後屋］の番頭が姿を現わし、今宵の五ツ（午後八時）に［梅むら］へ、と伝えてきたのである。

赤根川の釣りから戻った茂右衛門は、

「今宵は、夕飯は要らぬ」

言って、久方ぶりに國包《くにかね》の手入れをした。

（いよいよか……）

目立たぬように、とは言われたが、万一に備え、きょうの他出《たしゅつ》には大小を差していくつもりであった。

延宝五年（一六七七）の四月二十七日――。

この日、越前大野の夜は、いやに生温《なまあたた》かかった。

いつにない茂右衛門の両刀を手挟《たばさ》む姿に、おきぬは小さく眉根を寄せたが、結局はなにも言わず、ボロ提灯に火を入れて手渡してきた。

「少し遅くなるかもしれぬが、心配は要らぬからな」

ちょっと決然とした声で言い、茂右衛門は北山町の屋敷を出た。

上弦の月はか細く、頼りなげに堀沿いの一本道を照らしている。

城山を巡るように続く道を辿って、最短の道順で侍町を抜け正膳町《しょうぜんちょう》通りに出た。

そこから、こおろぎ町まで、知らず知らず人通りの少ない道を選んだのは、やはりどこか、後ろめたいものがあったのであろうか。

すでにおおかたの商店も店じまいを終えて、軒行燈の火も落ち、灯りもまばらななか、茂右衛門はゆったりと足を運びながら、文五郎の軍門に下った夕のことを思い起こしていた。

あれから――。

文五郎は茂右衛門に、向後は、すべて文五郎の指示に従う旨の誓詞を書かせた。

それも、従兄である縣嘉一郎の文の裏にである。

――すると、その文を俺には渡さぬつもりか……。

思わず異議を唱えたものだが、文五郎はぴしゃりと言った。

――こんな危ないものを、お渡しできるはずがございませんでしょう。

なるほど、もし茂右衛門が、従兄の文を手に藩庁に届ければ、[越後屋]はたちまち捕縛されるであろう。

——それは、ま、そうであろうが……。

（そうか……）

茂右衛門に誓詞を裏書きさせる、ということは、逆に文五郎の安全の担保ということにほかならぬのだ。

つまりは、決して誰にも洩らせぬ、ということである。

——すると俺への保証は、どういうことになるのだ。まるきりの空手形ということも、あるではないか。

——その心配なら、無用でございますよ。いざ越後高田へと発たれるときには、あなたさまの働きのほどを、わたしが裏書きにくわえて、お渡し申し上げます。

——ううむ……。

——ま、信用なさいませ。このように手間暇をかけてまで、わざわざ、あなたさまを欺く必要などございませんでしょう。

言って文五郎が手を叩くと、隣室から女将のおぎんが現われた。丸盆を手にしている。

その丸盆には切餅《きりもち》一個が乗っており、それを文五郎がつかむと、女将は軽く茂右衛門に頭を下げたのち隣室に戻った。

すると文五郎は、手にした切餅を茂右衛門のほうに、畳の上に滑らせた。

（………）

切餅は、一分銀を百枚、方形に紙に包んだもので、二十五両に相当する。

喉から手が出そうな切餅を凝視する茂右衛門に、文五郎は軽やかな声で言った。

――当座の御用にお使いください。あまり派手に使われて、怪しまれぬよう気配りをお願いいたします。

――む、む……。

（派手に使うどころではないわ……）

と茂右衛門は思っている。

ひとたびは権田の家の援助で、きれいになった茂右衛門の借財だったが、それが以前にも増してふくれあがっていた。

というのも権田内膳の不正で、権田家は改易と同時に闕所《けっしょ》され、資産のすべてを召し上げられた。

それゆえ、茂右衛門に預けられた千佐登たちは、まさに身ひとつでやってきたのだ。

あとに残ったのは、城下の商店へ盆暮れの二節季で払う権田家の掛け金で、これがそっくり茂右衛門の借財に変わった。

不運は権田内膳の捕縛が、昨年の七月十二日、盆の支払日より少し前だったことだ。

（切餅くらいでは、とても足りぬ……）

のであった。

それでも師走の大節季《おおせっき》には、なんとかやりくりをして酒屋の分だけは支払ったが、ほかは待ってもらって、炭まで切らす貧窮生活に甘んじている。

結局のところ、茂右衛門の手は切餅に伸びてしまった。

（…………）

あのときの屈辱感を胸にのぼらせながら、茂右衛門は夜道を歩いた。

その前方に、ひときわ明るく、燈火の灯る一画が見えてきた。

こおろぎ町である。

この夜の［梅むら］は大戸を閉《た》てたままで、［越後屋］の番頭の要介が戸口の前に立っていた。

要介が茂右衛門を認め、黙って大戸の潜り戸を押した。

内側から、灯りがこぼれ出る。

大戸には、〈本日休業〉の紙が貼られていた。

（…………）

茂右衛門が無言のまま中に入ると、

「いらっしゃいませ。お待ち申し上げておりました」

珍しく女将のおぎんが、入れ込み土間奥の、小上がり座席から腰を起こして頭を下げてきた。

「実は夕飯を抜いてきた。飯を頼めるか」

「はい、すぐにお支度を」

と答える目の前で、茂右衛門は剣を鞘ごと帯から抜いて見せたが、おぎんはかすかな微笑を浮かべたまま、微動だにしない。

(やはり、こやつも只者ではないな)

それだけを確かめ、國包を左手に提げたまま、ずかずかと階段を上っていったが、おぎんは声もあげない。

座敷では、すでに文五郎が膳を前に酒を飲んでいる。

「ほう」

茂右衛門が手にした刀を見ても、文五郎はたじろぐでもなく、

「それが國包ですか」

なにもかも、お見通しの様子なのが癪《しやく》であった。

わずかに唇を歪めたあと、左手の國包を右手に持ち替え、すでに準備されていた膳の前に座ると――。

「まずは一献」

文五郎が銚釐を上げ、茂右衛門は膳の酒茶碗を出した。

銚釐を傾けながら文五郎が言う。

「さっそくながら……」

今宵は前回とはちがって、えらく短兵急に切り出してきた。

「あなたさまは以前に、御供番の番頭《ばんがしら》であったとか……。それにちがいは、ございませぬな」

「そのとおりだ。というても、もう十五年も以前のことになるがな」

「ならば、ご存じのはず……。二の丸の警護の状況、そして見取り図なども詳しくお教えいただきます」

「むう……」

(二の丸……？)

いきなり言われて、少し面食らった。

(そういえば……)

国帰り中の藩主が病に臥せり、参府の見込みが立たないことは聞いていたが、つい二日前には、父を見舞うため、江戸から若君が国帰りしたと聞いたばかりである。

(ううむ……これは……)

茂右衛門は、心の裡に呻いていた。

事は、想像以上に重大なようだ。

動揺を悟られまいと茂右衛門は、酒茶碗に満たされた酒を、ゆっくりと飲み干した。

空き腹に、酒がしみわたる。

再び銚釐を上げながら文五郎が、

「どうなされた」

返事をうながしてきた。

「うむ……」

再び酒を受けながら、茂右衛門は答えた。

「ご存じとは思うが、大野城本丸があるは、山上曲輪《やまうえくるわ》、また二の丸、三ノ丸は山下曲輪《やました》にござってな」

「それで……」

再び満たされた酒を一口飲んだあと、茂右衛門は酒茶碗を膳に置いた。

すでに覚悟は決していた。

「二の丸には、二の丸屋敷と、昔に松田屋敷と呼ばれた二つがござるのだが、俺が御供番の番頭だったころには、二の丸屋敷のほうは無住でな。それゆえ、二の丸の警護についてはよくわからぬ」

「………」

「ただし、それより以前に、俺が御供番組頭であったころ、出雲松江より松平近栄さまを入り婿にとって、夫妻が参府なさるまでは、その二の丸屋敷にお住まいであった。もう二十年も昔のことであるゆえ、警護の配置も変わっているやもしれぬ。それでも、よかろうか」

「それで十分……。あとは見取り図ですが、心覚えを詳しくお描き願いたい」

「描くまでもない。絵図なら、我が家にある」

「まことでございますか」

いつも冷静な文五郎の声が、少し昂《たか》まった。

「番頭になったときに、絵図一式を賜わった。返せ、とも言われなかったので、今も持っておる」

「それは好都合」

「ところで、先に切餅ひとつを頂戴しておきながら、言いにくいのだが……」

「おや、金の無心でございますか」

「うむ。実はの……」

茂右衛門は家の事情を説明し、先の二十五両は右から左に、大節季持ち越しの掛け金の支払いに流れて、まだそれでも追っつかないことを話した。

すると文五郎は眉根を寄せて、

「ふつつかながら、そのようなご苦労がございましたとは、まるで存じ上げませんでした。して、残る借財はいかほどばかりでございましょうか」

「たしか、十両足らずだと思うが……」

「では、こういたしましょう。あすの同時刻、ここへ絵図面をお持ちいただきまして、それと引き替えに切餅をひとつ、というのでいかがでしょう」

「そうか。いや、助かる」

素直に安堵した。

「では、明日は、その絵図面をもとに警護の状況などをお聞きするとして、今宵は心ゆくまで飲み食いを楽しみましょうぞ」

ということになった。

4

さて縣茂右衛門が、若君がお国入りをした、と耳にした一件に話を移す。

この若君というのは、先にも述べた幼名を左門、今は嫡男と認められた松平直明のことである。

たしかに二日前の四月二十五日、直明の行列は越前勝山から九頭竜川を渡って大野城下に入り、まずは祖母の墓碑が建つ長興寺に立ち寄ったのち、大野城に入った。

さっそく、その日のうちにも、直明は父を見舞っている。

だが、実のところ——。

直明は、その日より二日早く、四月二十三日には長興寺に入っていたのである。

そのことを知っているのは、城下でも、ごく限られた人たちだけで、国家老の斉藤利正でさえ知らぬことであった。

どういうことか——。

実はある事情から、替え玉を駕籠に乗せた囮《おとり》の行列を立てて東海道を進ませる一方で、直明本人は、越前大野藩の使番《つかいばん》で松田直次郎《まつだなおじろう》と偽名して、中山道を使ったのであった。

これに同行したのが、落合勘兵衛《おちあいかんべえ》と、その若党の新高八次郎《にいたかはちじろう》である。

もちろん、その道中には、忍び目付の服部源次右衛門《はっとりげんじえもん》に、子飼いの斧次郎《おのじろう》をはじめとする秘かな警護団がついていた。

では、その、ある事情とはなにか――。

ごく簡略に述べれば三年前、越後高田藩において、藩主である松平光長の嫡男の綱《つな》賢《かた》が、一子もなさぬままに四十二歳で没した。

そのため養嗣子《ようしし》選びがはじまり、筆頭家老である小栗美作の意見が通って、光長異母弟の遺児である万徳丸《まんとくまる》に白羽の矢が立った。

ところが、これに、もう一人の異母弟である永見長良《ながみながよし》（通称・大蔵《だいぞう》）が大いなる不満を抱いていた。

これを、そのまま放置すれば、必ずや近い将来に騒動の種になる、と危ぶんだ美作は、大蔵を、いずくかの大名家の養子に潜り込ませる策を思いついた。

そして同じ越前松平家である、越前大野藩に目をつけた。

そして美作は、幕閣随一の権力者である大老の酒井忠清《さかいただきよ》、さらには前の越前福井藩主であった松平昌親《まさちか》と結託して、大野藩嫡男である直明の廃嫡、あるいは暗殺を企図したのである。

だが、この陰謀を、大野藩江戸留守居役の松田与左衛門と、その部下で御耳役《おみみやく》の落合勘兵衛が嗅ぎとって秘かに防衛にまわり、これに天も味方した。

すなわち嫡統の乱れで騒動が起こっていた福井藩では、ついに昌親が隠居して、藩主の座を兄の嫡男に明け渡すところまで追いつめられた。

一方、越後高田では城下に大火が起こり、とても謀略を進める状況ではなくなった。

そうして陰謀は、一度は挫折したかに思えた。

ところが美作は、決してあきらめていたわけではなかった。

それどころか、政治の表舞台となる江戸ばかりではなく、越前大野の地にも、［越後屋］文五郎といった手合いをひそませ、秘かに機会を窺っていたようである。

江戸留守居役の松田も、勘兵衛も、とてもそこまでは察知がかなわない。

察知できたのは、江戸において、またぞろ妙な動きを見せはじめた越後高田藩のことである。

国許で病に倒れた松平直良を見舞うため、直明を国帰りさせる許可願いを幕閣に提出したところ、それがそっくり越後高田藩江戸屋敷に筒抜けになっていた事実を、落合勘兵衛がつかんだのだ。

さらに探索を進めると、越後高田藩の中屋敷や、半蔵門外、平川天神近くの御家《ごか》中《ちゅう》屋敷に、怪しい影が蠢《うごめ》いている。

推し量るに――。

小栗美作は、直明国帰りを最後の機会と捉えて、直明の暗殺を企てているのではないか、との疑いが濃厚となった。

万万一のことを考え、勘兵衛が打ち出したのが、若君の替え玉を使った囮《おとり》の行列であった。

この策に、越後高田の曲者《くせもの》たちは、見事に引っかかった。

勘兵衛が江戸を発つ直前につかんだ情報では、九人の曲者たちが囮の行列に引き寄せられている。

そのため若君同行の勘兵衛の国帰りは、まことに順調に進んだのだ。

一方、替え玉の行列には、やはり襲撃計画があった。

だが、その襲撃計画は、行列とは別行動で動く、服部源次右衛門の子息、喜十《きじゆう》、忠《ちゆう》八《はち》の兄弟の活躍で、未然に打ち砕かれている。

それで囮の行列のほうも、予定どおり四月二十五日に無事大野入りをして、長興寺で本物と替え玉を入れ替えることができた。

だが、それで、すべてが片づいたわけではない。

替え玉行列の到着を長興寺で待つ落合勘兵衛のもとに、忠八が報告したところでは
――。

――すでにご存じとは思いますが、越後高田の江戸屋敷から出た曲者は、合計で九人でございました。

――うち一人は、女でしたな。

――はい。女は、坊主頭に宗匠頭巾で町医者に化けたのと夫婦者を装い、この二人は終始、後詰《ごづめ》の役と見受けられました。

――なるほど。

――で、残る七人のうち、四人は行列に先行し、あとは品川あたりまで行列の後についておりましたが、後詰の二人を残して、三人が脇道を使い行列を追い越しました。

――なるほど、結局のところ、九人のうちの七人もが先行したというわけですね。

江戸を出て早くも品川あたりで、ほとんどの曲者が行列に先行したということは、そのときすでに、襲撃の日時や場所さえも定まっていた、と考えるべきだろう、と勘兵衛は思った。

なにしろ、幕閣と越後高田藩とはつうつう、というよりも、大野藩から出る届けは、

大老によって越後高田藩に、たちどころに知らされる仕組みであったらしい。

つまりは、行列の旅程や、入る本陣も前もってつかまれている。

忠八が言う。

——実は、江戸からの曲者とは別口の二人が、北国脇往還の伊部宿近くの雲雀山に仕掛けを施しておりました。

——仕掛け……。

——はい。秘かに人足を雇い入れ、雲雀山の斜面に丸太止めを作り、切り放てば丸太が街道に転がり落ちて、行列を襲うという仕掛けでございます。

——ふうむ。

——この二人に、行列に先行した七人が合流し、一人か二人が丸太を落とす役、三人が弓矢を射かけ、残る四、五人が斬り込むという段取りでございまして……。

——そのような奇襲を……。

もし、越後高田の怪しい動きを事前に察知していなければ……。

(危ういところであったぞ)

と、勘兵衛は思う。

だが、忠八によれば、襲撃決行の前夜に喜十が丸太仕掛けを切り放って、この計画をつぶした。

――翌朝になって、それを知った九人の賊は、襲撃をあきらめて逃走、わたしがあとをつけましたところ……。

九人は木之本から柳ヶ瀬道を伝って敦賀へ出、［泊屋《とまりや》］という商人のところに入ったという。

忠八の調べでは、この［泊屋］は越後の物産を扱う蔵宿で、直江津の今市まで五百石積みの船を行き来させている。

襲撃の成否にかかわらず、海路で越後へ逃げ帰ることは、当初からの計画であったようだ。

さて、こうして国帰りした勘兵衛だが、大っぴらには父母の住む屋敷には戻れない。どころか、大野に戻ってきたことさえ知られてはならない。

なにしろ、行列の駕籠に替え玉が乗っていたことなど、御家中でも秘中の秘であったのだ。

それほどに、大老、酒井忠清の権力は大きい。

そのうえ御家中では、これまで芳しくない噂しか聞こえてこない直明を、どこかで危ぶんでいる者も多かった。

藩主の所業を咎められ、改易となったり減封させられた大名家は枚挙に暇《いとま》がない。それゆえ、もし直明を廃嫡し、越後高田からの養子縁組が大老の意向ならば、藩存続のためには大老の意に沿おう、と言い出す腰の引けた重役が出てこないともかぎらないのだ。

勘兵衛と、上司の松田、それに忍び目付の服部源次右衛門が、その陰謀に早くから気づきながら、これまで固く三人だけの秘密にしてきたのも、そのような理由からであった。

そんな事情もあったので、勘兵衛と八次郎《はちじろう》は、とりあえずのところ、七軒西町の油問屋［松田屋］に入った。

この［松田屋］は、松田与左衛門の生家であり、当主の乙左衛門《おつざえもん》は、その弟にあたる。

そしてその離れには、松田の妻である糸が暮らしており、勘兵衛たちは、その離れにしばらく滞在することになっていた。

5

さて替え玉行列に、江戸からくっついてきた曲者九人のうち、七人までは敦賀へ逃げた。

残るは後詰として、町医者夫婦に化けた二人である。

勘兵衛が［松田屋］の離れに入った翌朝に、服部源次右衛門からの連絡《つなぎ》が入り、勘兵衛は熊野神社まで出向いた。

神社には源次右衛門と喜十の父子が待っており、その二人の行動が奇妙であると言う。

大野城下の比丘尼《びくに》町には商人宿が多く、そんな一軒に二人は入ったのだが――。

――朝になり、夫婦者は商人宿を出ると、横町《よこまち》通りに入ったところで別れましたので、男の行き先は斧次郎が尾行しております。

と喜十は言い、続けた。

――ところが女のほうは、またもや比丘尼町に戻り、前夜とは別の商人宿に入りましてございます。

なるほど、それは奇妙であった。

――その商人宿は［さらしな屋］といって、まだ、午前のうちでございますので、おそらく、誰かと落ち合うたとしか思えません。とりあえずは、忠八が見張っております。

というのである。

そして源次右衛門に、

――我らの監視を覚られぬよう、わざと放っておりますゆえ、手出しは無用にお願いいたします。

と勘兵衛は、釘を刺されてしまった。

元より、勘兵衛は幼少のころより無茶ばかりをしでかして城下を騒がせ、無茶の勘兵衛と渾名《あだな》まで頂戴して、一種の名物男になってしまったことがある。

それで、ある意味、城下では顔が売れている。

勘兵衛が知らずとも、向こうは勘兵衛を知っている、というのは、どうにも始末が悪い。

だから、自由に行動が起こせないのだ。

――わかったことや、動きがあったときには、おいおいにお知らせいたします。どうやら、長期戦になりそうな気配ゆえ、我ら四人も、この大野に腰を据えて、若君が江戸に戻られるまでは、しかと務めをお果たし申す」

と言った源次右衛門のことばを信じて、ただひっそりと、[松田屋]の離れに刻を過ごすほかはなかった。

この日、八次郎は、直明の替え玉を勤め上げた、兄の八郎太《はちろうた》が江戸に戻るのを、道案内も兼ねて若生子《わかご》村あたりまで見送っていったが、夕刻前には戻ってきた。

そして、翌日も八ツ(午後二時)を過ぎるころには——。

(これでは、まるで蟄居《ちっきょ》ではないか)

故郷に戻って五日目、[松田屋]に入ってからは三日目にして、勘兵衛は早くも、思うままに動けない窮屈さに音《ね》を上げていた。

それは若党の八次郎とて同じらしく、

「旦那さま。ちょいと菓子でも買いに出かけてよろしゅうございましょうか」

とにかく、食い意地の張っている八次郎が言うのに、

「ならぬぞ、八次郎。きのうは特別に許したが、しばらくは城下をうろつくことは控えろ。なにしろ、去年の今年だ。城下には、おまえの顔を覚えている者も、なきにしもあらずだ。菓子なら、ここの小女《こおんな》に頼んで買ってきてもらえ」

と勘兵衛は言った。

去年に勘兵衛は八次郎を伴い、この越前大野に帰国している。

そして、めでたく初恋の女《ひと》、塩川園枝《しおかわそのえ》と仮祝言を挙げたのだ。

その滞在中、勘兵衛は八次郎を伴い、何度か城下町を逍遥したから、あるいは八次郎の顔を覚えている者もいるかもしれない、と考えての用心であった。

それで八次郎も、しぶしぶ勘兵衛に従い、この離れ付きの小女であるおちかに頼んで、買ってきてもらった菓子に、一人、かぶりついている。

勘兵衛はというと、江戸に残してきた新妻の園枝に宛てて文を書いた。

その文を、［松田屋］の当主に託してしまえば、もう、やることもない。

すっかり菓子を食い尽くした八次郎が、

「旦那さま。お伺いいたしますが、ここに、こうして、いつまで過ごせばよろしゅうございましょうか」

いよいよ退屈を持てあましたか、尋ねてきた。

「そう、そのことだ」

実は、若君の直明が、いつまで、この越前大野に滞在するのかは未定であった。

あくまで、主君直良の病状次第である。

だからといって、当てもなく、この離れに滞在し続けるつもりはない。

あくまで、当面のことであった。

「そう長いことではない。十日……いや、あと七日ばかりか……」

「えっ、七日間も、ここに、こうして……？」

八次郎の声が、裏返った。

「うむ……」

（なるほど、長いな……）

と、正直なところ、勘兵衛もそう思いはじめている。

「あと、七日というのは、どのようなわけでございましょうか」

と、八次郎。

「うむ。そのことだ……」

実は勘兵衛、松田から、ある書状を預けられていた。

「要は、我らが、若君とともに国帰りをしたと悟られぬためだ。だから、若君の行列が到着してより十日ばかりは、日を空《あ》けたほうがよかろうと、松田さまがおっしゃってな」

「それで、あと七日……」

「うむ。まあ、そういうことだ」

「では、十日後……、いや七日後に、旦那さまとわたしは、この越前大野に入ったように装うわけですか」

「そう、そう」

「ははあ……。で、どのような口実で？」

「そこだ。我が越前松平家は、御三家に次ぐ家格だからな。それゆえ、お殿さまの病状がよほどに悪い折には、将軍家上使が見舞いにやってくる」

「へえ」

八次郎のどんぐり目が、まん丸になった。

上使に選ばれるのは、だいたい幕府使番《つかいばん》の職にある旗本だ。

「先に、若君の病気見舞いの帰国願いを出したからな。幕閣から松田さまの元に、殿のご病状次第では、将軍家からも見舞いを出さねばならないが、加減はいかがか、との問い合わせがあった、ということにする」

「ははあ、嘘っぱちで……」

「馬鹿を言え、あくまで方便だ」

言うと、八次郎はにやりと笑った。

「それで、松田さまが国家老宛に、その旨を書状にした。で、俺がその書状を届けると同時に、この国許と松田さまとの連絡の任にあたる、という寸法だ」

「なるほど、考えましたねえ。そうすると、その書状さえ届ければ、あとは大手を振って城下を行き来できるという案配ですね」

「そういうことだ。それにて、殿さまの病状が快復されて、若君が江戸に戻る日までは大丈夫だ」

「そうか、そういうことか……」

納得顔になった八次郎だったが、

「しかし……」

「なんだ」

「そういうことなら、なにも……。いえ、もちろん用心は必要でしょうが、十日も間を空けずとも……。大事な御役を任じられて、急ぎ旅でやってきたということで、もう少し、間が縮みませんかねえ」

一日じゅう、なにもやることもなく、この一室に閉じこもっているのが、よほどに堪《こた》えたか、八次郎はいつになく雄弁だった。

「ま、考えておこう」

つい八次郎に同調しかけた勘兵衛だが、そう答えるにとどめた。
勘兵衛とて、故郷に戻ったからには一日も早く、父母の顔を見たくて仕方がない。
国家老に松田の書状を届けさえすれば、晴れて勘兵衛は、清水町の実家に戻れるのだ。

春日町の油蔵

1

翌日は、朝から雨だった。
今ごろ、源次右衛門どのは、そして越後高田の女狐は――。
(どういうことに、なっておるのだろうか)
と勘兵衛は思っている。
(たしか……)
勘兵衛は、手控え帳を引っ張り出して確かめた。
(そう、今月の九日のことだ)
愛宕下の江戸屋敷を囮の行列が出る前日に、三河台にある越後高田藩中屋敷から、風呂敷頭巾の女人が出ている。

それが、女狐だ。
・女狐は、次の日、旅の町医者の夫婦連れに化けて品川に現われ、その先、ずっと行列の後方についてきた。
そして三日前にこの越前大野に着いて、比丘尼町の商人宿に入った。

ところが翌朝には、夫婦連れは宿を出ると、すぐに横町通りで右左に別れ、女だけが、またも比丘尼町に戻って「さらしな屋」という別の商人宿に入ったという。

勘兵衛が、これまでに得ている情報は、そこまででしかない。

（おそらく……）

すでに城下には越後高田の、別口の曲者がひそんでいるのではないか。

さまざまな想像が、勘兵衛の頭には浮かぶが、いずれも、たしかな像を結ばなかった。

（ただ、ひとつ、まちがいがないのは……）

北国脇往還、伊部宿近くでの襲撃に失敗した敵が、それで、あきらめたりはしていないことだ。

襲撃失敗後も、後詰の二人が、この大野まで足を伸ばしてきたことが、それを証明していた。

横町通りで別れた男のほうは、斧次郎が尾行についたという。

一方、女狐のほうは、服部源次右衛門に子息の喜十、忠八がその動向を見張っている。

（まだ、動きはないのか）

商家の離れの一室に籠もり、なおかつ雨音にまで閉じこめられた心地がして、勘兵衛は、ただじりじりと服部源次右衛門からの連絡を待っていた。

そして、夕食も終わった夜になって――。

「ちょいと失礼をいたしますよ」

なんと、［松田屋］の主の乙左衛門が、勘兵衛を離れに訪ねてきた。

「ほかでもございません。あなたさま方を、ご案内したいところがございましてな」

「はて」

思いがけないことばに勘兵衛は、

「いったい、どちらへでございましょう」

訝った。

「はい。春日町のはずれに、手前どもの油蔵《あぶらくら》がございましてな。市中に、あまり大量の油をおいて、火事でもあれば大変でございますから、そのようなところに油蔵を建てております」

「ははあ……」

なぜ、そのようなところに勘兵衛たちを案内しようというのか、まるで解《げ》せない。

すると乙左衛門は、にこにこと笑い。

「いやいや、怪しきことを申して、あいすみませぬ。実は夕刻に、このような文が届きましてな」

袂を探り、折りたたまれた紙片を差し出した。

「拝見いたします」

「どうぞ」

文を開き一読して、勘兵衛は目を瞠《みは》った。

そこには——。


まことに不躾な頼みで恐縮乍ら、今宵も日が沈んでのちに、貴家離れの客人二人を油蔵まで案内を乞う。油蔵を借宿せし者より。

とある。

「はて……」

筆跡から、すぐに勘兵衛は、この文を書いたのが、服部源次右衛門だとわかりはしたが――。

「この、油蔵を借宿せし者、といいますのは、どういうことでございましょうか」

一応は確かめた。

「それは、こういうことでございます。江戸の兄から、あなたさま方をこの離れに、と手紙がまいりました折に、それとは別途に、我が紹介状を持参した者に、春日町の油蔵を貸すようにと頼まれたのですよ。油蔵と申しましても、蔵のほかに、ときおりは寮として使う寓居《ぐうきょ》もございますのでな」

「なるほど、そういうことでしたか」

勘兵衛は、［松田屋］乙左衛門の説明に納得しながら思った。

（さすがは松田さま、そつがございませぬな）

ちゃんと服部源次右衛門たちの、越前大野での隠れ家まで準備している。

しかも、油蔵を貸した乙左衛門は、先ほど見せられた文から察するに、貸した相手が誰なのかも知らない様子だ。

（それは、そうだろうな）

なにしろ忍び目付としての服部源次右衛門の名は、御家中でも、ごく一部の者は耳にしていようが、どんな顔で、どこに住んでいるのかさえ知られてはいない。

知っているのは、江戸留守居役の松田与左衛門と、御耳役の勘兵衛くらいであろう。

その勘兵衛とて、ついひと月前までは知らなかったのである。

（ということは……）

さっそくに外出の支度をしながら、勘兵衛は思っている。

源次右衛門に喜十に忠八、そして斧次郎の名を、決して人前で漏らしてはならぬ、ということだ。

（その点、八次郎にも、重重言い聞かせておかねばならぬな）

これまで松田の元で、数かずの修羅場をくぐり抜けてきた勘兵衛には、いつの間にか臨機応変に、瞬時に複合的な判断ができる能力が備わってきたようである。

「旦那さま、やはり用心のため笠をかぶったほうがよろしゅうございましょうか」

そう尋ねてきた八次郎に、

「外はまだ雨のようだ。それに夜のことゆえ、必要はなかろう」

まだ降り続く雨音を聞きながら、勘兵衛は答えた。

面体なら、雨傘で隠すことができる。

「承知しました」

案内の乙左衛門には住み込みの手代が供について、手代と八次郎がそれぞれに提灯を持ち、四人各自が雨傘を広げて「松田屋」を出た。

2

越前大野の城下町は、碁盤の目のように街路が通る。

南北の通りは、城のある西方から順番に一番町から五番町まで、さらに東の寺町を加えた六本がある。

東西の通りはというと五本あって、南から大鋸町《おがちょう》通り、六間通り、七間通り、八間通り、石灯籠通りと名づけられている。

「松田屋」がある七間通りは、美濃街道筋の、いわば目抜き通りであった。

この七間通りより南を上町《かみまち》、北を下町《したまち》とも分けていた。

乙左衛門に案内されるまでもなく、この地に生まれ、十八歳まで過ごした勘兵衛には知悉の町である。

それでも乙左衛門が、わざわざ案内をするのには、それなりの事情があるのであろう。

つい先ほどは、部屋にも届くほどの雨音だったが、今は白い闇を作るような霧雨に変わっている。

「あいにくの雨天のなか、申し訳ございません」

七間通りを東に進みながら、勘兵衛は詫びた。

「お気遣いは無用です。案内を終えましたら、手前は一足先に戻っておりますが、くぐり戸だけは開けておきますのでな」

「厄介をおかけします。それほど遅くはならないと思いますが……」

目抜きの通りなので、まだ軒行燈の火を落としていない店も多く、灯りがぼうっと雨に煙っていた。

ちょうどそのころ、こおろぎ町で――。

縣茂右衛門が、[越後屋]文五郎に城の絵図面を渡しているのだが、勘兵衛には知るよしもない。

黙黙と足を進めながら勘兵衛は、

(さて、油蔵で俺たちを待っているのは……)

おそらく斧次郎であろうな。

と推量していた。

それは、源次右衛門の文を読んだときに感じたものだ。

と、いうのも——。

文には、〈貴家離れの客人二人〉と書かれていて、これは若党の新高八次郎を同行してもかまわない、という意味であろう。

だが源次右衛門の顔や正体は、勘兵衛にも、ぎりぎりのところまで明かされなかったのである。

そんな源次右衛門が、八次郎に正体を見せるはずはない。

そして喜十は、やがては源次右衛門の跡を継ぐ者であろうし……と、いうふうに消去法で考えていくと、八次郎に面体を晒してもよいのは、斧次郎、というふうに帰結したのだ。

八次郎には、これからのこともあり、連繋を密にしなければならない源次右衛門を含む四人のことや、今、比丘尼町に女狐がひそんでいることなど、大まかな状況を教えている。

勘兵衛たちは五番町を右に曲がり、突き当たりの大鋸町《おがちょう》通りを左折した。

やがて通りは、小さく鍵の手に曲がる。

曲がった先あたりを、横町という。

もはや旅人の姿を見かけない時刻だが、［松田屋］からこちら勘兵衛たちは、まさに美濃街道の道順を辿っているのであった。

そのため、道の要所要所には常夜燈が雨に滲んでいた。

つい鼻先に、三叉路がある。

「…………」

そこを通り過ぎながら、勘兵衛は左に伸びていく、やや細い道の先を窺った。

そこが、比丘尼町と呼ばれる通りであった。

奥の院、と呼ばれる尼寺があるので、その名があるが、勘兵衛の目に映ったのは商人宿の、ぼうっと煙る灯火ばかりであった。

やがて越前大野城下の東の入口、ともいえる木本口《このもとぐち》というところで、街道は右に曲がって伸びていく。

もう城下からは郊外にあたるが、少し南方に春日神社があることから、そのあたりは春日町と呼ばれている。

茶店や、ちょっとした小店はあるが、あとは田畑と百姓家が散らばっているところ

た。

乙左衛門は、春日神社の参道より少し手前、木塀に囲まれた一画で足を止めて言っ

「こちらでございますよ」

であった。

くぐり戸のついた木戸門があり、閉じている。

「陽のあるうちは、いつでもこのくぐり戸は開いておりますが、夜間に御用の折は、

このように……」

なんのことはない、どんどんと木戸の扉を叩くだけだ。

それから乙左衛門は、懐から取り出した木札を、勘兵衛と八次郎に渡した。

単に、「松田屋」と焼き印した木札であった。

「蔵番に、これを見せれば自由になかへ入ることができます」

言って乙左衛門は、もう一度木戸を叩いた。

ほどなくして足音が聞こえ、木戸の向こうから、

「へい、どちら様で」

と、しわがれ声がする。

すると乙左衛門は、それには答えず、トントントンと扉を三度打った。

「これで、くぐり戸が開きます」

「なるほど」

それが合図らしい。

くぐり戸が開き、顔を覗かせた蔵番の爺さんが、

「あ、こりゃ、旦那さま。へい、なんでしたら閂《かんぬき》を上げましょうかい」

「そうだな。そうしてもらおうか」

傘を差したまま入ろうと思えば、そうするほかはない。

乙左衛門が言う。

「今の爺さん夫婦に、その倅が番小屋に詰めておりますから、合図をすれば、必ず誰かが出てまいります。そこで、先ほどの木札をお見せください」

「承知いたしました」

扉の片側が内側に開いた。

入ってすぐ右側に番小屋があり、その先に漆喰《しっくい》塗りの蔵が二棟並んでいる。

蔵前は小広い荷下ろし場になっていて、そのあたりまでは提灯の灯りが届いたが、それから先のほうは闇に溶け込んでいた。

いや、ちらりと正面奥から灯りが漏れている。

「こちらでございますよ」

言って乙左衛門が広場のほうに足を運ぶと、あわてたように供の手代が、その足許を照らす。

提灯の灯りに、大八車などを置いた道具小屋が左に見え、すぐに正面の建屋が見えてきた。

茅葺きの平屋建てらしい。

乙左衛門が、足を止めた。

「あれが、客人のおられる寮でございます。では、これにて手前は店のほうに戻らせていただきます」

「かたじけない、たいそうご造作をおかけしました」

「なんの。お戻りの折には、あの番小屋に声をおかけください」

「承知いたしました」

勘兵衛は、戻っていく乙左衛門の背を見送り、

「では、行くか」

「はい」

八次郎が提灯と傘を手に進むのに、合わせて進む。

（ふむ……）

すでに気配を察したのであろう。

小さな灯りを背に、寮の玄関に佇む人影が認められた。

人影は、勘兵衛が推量したとおり、斧次郎であった。

「どうぞ、こちらへ」

斧次郎が案内したのは、土間から上がってすぐの囲炉裏のある広間であった。

3

「ご報告が、たいへん遅くなっちまって申し訳ございません」

斧次郎が言うのに、

「うん。実のところ、どうなったかと少少焦《じ》れていた」

勘兵衛が、正直な感想を述べると、

「はい。これからは、もうちぃっと頻繁《まめ》に連絡《つなぎ》をお入れします。勘兵衛さまとの連絡《つなぎ》役《やく》は、わたしということになりましたので、どうかよろしくお願い申し上げます」

つい江戸の地言葉が混じるのを、苦労しながら修正して話す斧次郎である。

年のころは二十代半ば、勘兵衛より二つ、三つは年かさであろう。

「いや、こちらこそ、よろしく頼む」

応えて、勘兵衛は八次郎を改めて斧次郎に引き合わせた。

八次郎は知らずとも、江戸からの道中を陰ながら見守ってきた斧次郎には、とっくに見知った顔のはずである。

「八次郎には、だいたいのことは話しておる。もし、わたしが留守のときは、この者に伝えてもらってけっこうだ」

「…………」

少し表情を変えた斧次郎に、勘兵衛はことばを足した。

「明日は二十九日……晦日《みそか》だが、それまでは［松田屋］のほうに逗留している。だが、あそこにいては、まるで動きがとれんからな。予定より早くなったが明後日、五月の一日からは、我が清水町の屋敷に移るつもりだ。屋敷の場所は……」

「いえ、それなら予《あらかじ》め探っておきましたんで、ご説明はいりません」

「お、そうなのか」

少し驚きつつも、勘兵衛が傍らの八次郎を見ると、妙ににこにこしている。

明後日から自由の身になれると知って、喜んでいるらしい。

「それはそうと斧次郎さんは、商人宿を出たのちの偽医者のあとをつけたんでしたね」

「はい。まずは、そこんところからご報告を。あやつは坂戸峠を越えて、前波村から渡し舟に乗りましてね。そこまでを見届けてから、引き返してまいりました」

「そうか。去っていったか」

前波の渡しを使ったのなら、東郷道を使って北陸道に出たのだろう。その足で、越後高田に戻ったのかもしれない。

「で、残った女のほうですが……」

「うむ」

「これが、一向に動きません。女の入った「さらしな屋」には、一昨日の夕に親方さまが、昨日はご長男さま、そして今夜はご次男さまと順繰りに同宿をして、身辺を探っておりますが……」

（なるほど……）

と、勘兵衛は感心した。

斧次郎が決して源次右衛門さまとか、喜十さま、といった具体的な名を出さぬことに、である。

そういえば、〈名を隠すことが忍者の基本〉と聞いたことがあるし、諜者として他国に入ったときは、必ず偽名を用いる、とも聞いていた。

（我らも、気をつけねばならぬな……）

と思いつつ、

「ほかに怪しき者はおらぬのか」

「ええ、そこんところでございますがね」

旅の商人を泊めるのが商人宿であるから、朝がきて宿を出たあとは、ほとんどの者が旅を続ける。

昨日の朝も、くだんの女以外の客は、全員が宿を出たそうだ。

「となると、あの［さらしな屋］自体が尻持ちかもしれねぇんで、迂闊に宿の者に探りを入れるわけにもいきませんでね」

「なんだ、その、しりもち、というのは？」

聞き慣れないことばに、勘兵衛は尋ねた。

「ああ、こりゃ……。いえね。尻を持つと書いて尻持ち、まあ、盗人宿《ぬすっとやど》みたいなもんですよ」

「なるほど、越後高田の息がかかっているということか」

「さようで。まあ、まだ疑いの段階でしかございやせんがね。ところが、今朝方になってわかったんですが、もう一人怪しい泊まり客を見つけましてね。別段に女と接触をとっているような気配ではございませんが、ただ一人、連泊をしているのがおりまして」

「ほう」

「それが、白張《しらはり》の衣服に〈正一位白山大明神〉と書かれた旗を持ち……」

「それなら白山御師《はくさんおし》であろう。毎年、三月から四月にかけて、石徹白《いとしろ》というところからやってきて、旦那場と呼ぶ信者の商家をまわって、お札や薬草を配るのだ」

「はいはい、江戸にもやってくる、伊勢の御師《おんし》の手代のようなものですね」

「そういうことだ」

一種の神職で、参詣者の案内や宿舎提供を生業《なりわい》とする者である。

主に伊勢、富士、白山が有名だが、伊勢の場合は〈おんし〉といい、その手代が全国を巡る。一方、その他は〈おし〉といって、本人が自分の縄張り地をまわるのであった。

斧次郎が続けている。

「ま、念のため、わたしが、きょう一日じゅう、あとをつけてみましたが、これといって怪しい点はございませんでした。ま、今のところは、そこまでございますよ」

「そうか」

つまりは、まだ手がかりらしいものはない、ということだ。

あとは、それぞれの連絡方法を打ち合わせて、お開きにすることにした。

4

五月一日がきたが、まだ勘兵衛たちは［松田屋］の離れに滞在していた。

すぐにも清水町の屋敷に戻りたいが、そういうわけにもいかない。

穴馬道《あなうまみち》をきたとして、百姓家に宿を借りるとか、野宿でもしないかぎり、午前の到着というのはあり得ない。

山大野と呼ばれる上大納村《かみだいのうむら》が最後の宿場であるが、そこを朝一番に発ち、急ぎに急いだとしても大野城下に入るのは、八ツ（午後二時）を過ぎるだろう。

「あと、しばらくの辛抱だ」

勘兵衛は八次郎に言ったが、それは自分自身にも言い聞かせたような心地がした。

だが、退屈をする暇はなかった。

朝飯を食い終えたかどうか、という時刻に斧次郎がやってきた。

「どうした。動いたか」

きょうの斧次郎は、前垂れまでして、どこからどう見ても商家の手代に化けていた。

「はい。しかし……？」

斧次郎は、勘兵衛が引き入れた離れの一室を見まわした。

ほかに話を聞かれぬか、と用心をしているらしい。

「ふむ。庭に出ようか」

斧次郎がうなずいた。

用心のし過ぎだとは思うが、この離れには、お糸さまも、小女のおちかもいるのであった。

離れを出て、まわり込むように母屋との間を奥に向かう。

途中に小さな花畑があって、まるで造花のような赤や黄色の花が、小さく風に揺れていた。

雛罌粟《ひなげし》とも虞美人草《ぐびじんそう》とも呼ばれる花だ。

お糸さまが丹精したのであろう花畑を過ぎて、奥の下水路が流れるあたりまで行く。

晴天のなか、さらさらと流れる水音が会話を消してくれるだろう。

気配を読むように、ぐるりと顔を巡らせたのち斧次郎が言った。

「実は、きのうの昼前になって、［さらしな屋］の女のところに、男がやってきました」

「なんと、何者だ」

「まあ、順番に」

「お、そうだな。すまぬ」

待ちに待った情報だっただけに、やや性急になった自分を、勘兵衛は恥じた。

「商人ふうの男で、そやつが宿から女を連れ出しまして、それを、ご長男さまとご次男さまが尾行いたしました」

「ふむ」

「向かった先は、九頭竜川を越えた勝山の城下町でございましたそうな」

「なんと……」

どうも、予想外の動きである。

「で、二人が勝山で入ったところが［大黒屋］という米問屋だったそうです」

「ふうむ……」

（どういうことだ？）

と、勘兵衛は思っている。

越前勝山は、主君の直良が大野城に封ぜられるまで、三万五千石の領主だったところだが、直良が去ったあとは天領となって、越前福井藩に預けられている。

「ところが、それから半刻とたたないうちに男は［大黒屋］から出てきたといいます。それで、あとのことはご長男さまにまかせて、ご次男さまが尾行を続けましたところ、男は、この大野に舞い戻り、五番下町の［越後屋］という呉服店に入りましたそうで」

「米屋の次は、呉服屋ですか」

横で、八次郎が素っ頓狂な声を出した。

斧次郎が続ける。

「勝山から、まだ、ご長男さまは戻りませぬが、ご次男さまのその後の調べでは、女を勝山まで連れていった男は、その［越後屋］の番頭で、名を……」

斧次郎は、指で掌《てのひら》に文字を書いて見せながら、

「要介、というそうです」

「ふうむ……」

またも勘兵衛は、うなった。

「ご長男さまが勝山から戻られたなら、またお知らせをいたします」

「そうか。いや、ご苦労であったな」

「それで勘兵衛さま、ひとつお願いがございます」

「おう、勝山の［大黒屋］、それに五番下町の［越後屋］のことだな」

「はい。お調べ願えますか」

「もちろんだ。できるかぎり、詳しく調べてお知らせをしよう」

「では、わたしは、これにて」

ぺこりと頭を下げると、斧次郎は去っていった。

すでに旅塵《りょじん》は消えているし、草鞋がけでもなかったが、それを怪しむ者がいるとは思えない。

八ツ（午後二時）を過ぎたころ、旅姿に戻った勘兵衛と八次郎は、革足袋を履いて菅笠をつけ、足早に清水町へ向かった。

門をくぐると、玄関先に這いつくばって下働きの女が、なにやらぶつぶつ言いながら、タワシで石畳をこすっている。

（たしか、はつといったか）

下女の名を思い出しながら、

「おい、どうした」

勘兵衛が声をかけると、はつは緩慢に首だけを動かし、

「どうも、こうも……。ツバクロのやつが巣作りをはじめたもんで、泥を落とすのよ」

「ほう」

それで勘兵衛が軒下を見上げると、なるほど泥の跡が点点とある。

そこへちょうど、どこからか二羽の燕《つばめ》が飛来して、逆さになりながら泥をなすりつけはじめた。

そういえば、あと十日もすれば入梅という季節だった。

「あれ！」

そのときになって、はつは自分に声をかけたのが勘兵衛だと気づいたか、跳ね起きるように立ち上がった。

そして玄関に向かって、

「望月《もちづき》さまぁ、望月さまぁ」

と、大声で呼ばわった。

すると、「これ、そんなに大声をあげるではない」と言いながら出てきた用人の望月三郎《さぶろう》が、菅笠を取った勘兵衛と八次郎を交互に見て、

「これは若さま。いったい……」

驚きすぎたか、声を途切れさせた。

「いや急の御用でな。知らせる暇《いとま》もなかったのだ」

「そうでございましたか」

言いながら、望月が勘兵衛たちの足元を確かめたのは、足濯《あしすす》ぎの水が必要かどうかを考えたのであろう。

「さ、さ、どうぞお上がりを。ちょいと奥さまにお知らせしてきます」

「では、八次郎」

二人して玄関の式台に腰かけ、足首に巻いた革足袋の紐を解いているうちにも、

「まあ、勘兵衛」

背中のほうで、母の声がした。

5

八次郎には前回と同様に、弟の藤次郎《とうじろう》が使っていた部屋を与え、勘兵衛は母の梨紗《りさ》とともに、奥の座敷に向かった。

積もる話はのちのこととして、

「母上、こたびの帰郷は役儀にて、しばらくの間、滞在の予定です。取り急いでは、松田さまから御家老への書状を、届けなければなりません。まずは、そちらのお役目を果たしてまいります」

「そうかえ。では、着替えねばなるまいな」

「いや、このままにてよろしいかと……」

旅装なので、野袴にぶっさき羽織だが、それで十分だと勘兵衛は思っていたのだけれど、

「御家老さまに会うのに、それでは、あまりにむさかろう。一式、新調しておいたから、それに着替えていきなされ」

梨紗は座敷の隅に置かれた長持の蓋を開け、まだ真新しい畳紙《たとう》に包まれたものを取

り出してきた。

　昨年の仮祝言のときに、梨紗が熨斗目麻《のしめあさ》袴《ばかま》を縫ってくれたが、そのときの寸法が控えられていて、手ずから縫ってくれたものらしい。

「では、ありがたく」

「裃《かみしも》は要らぬか」

「この時刻なら、もう御家老は城下がりをしておりましょう。登城するわけでもないので不必要でしょう」

「そうじゃな。そろそろ父上も戻ってくるころじゃが」

　母が言ったように、別室で勘兵衛が着替えをしているところに、父の孫兵衛《まごべえ》が帰宅してきた。

「あ、父上」

「うむ。挨拶はよいから、手を止めずに続けろ」

　さほど驚いた様子が見えぬのは、すでに室田貫右衛門《むろたかんえもん》から、勘兵衛が秘かに故郷へ戻っていることを聞かされていたのだろう。

　貫右衛門は勘兵衛の姉の夫で徒小頭《かちこがしら》であったが、昨年の郡奉行による米不正事件のときの功を認められて、勘兵衛の父と同職の目付に抜擢されている。

そして、今度の勘兵衛の帰郷にあたっては、若君警護の密命を帯びて、中山道蕨《わらび》宿からこちら、同じ道中を過ごしてきたのであった。

小声になって、父が言う。

「聞いておった予定より早いようだが、なにごとかあったか」

「いえ、外を出歩けぬのが気ぶっせいで、少しばかり予定を早めました」

「そうか。安堵した」

「それより、そのことは母上もご存じで?」

「馬鹿、ぬかせ」

城下がりの裃姿のまま、孫兵衛は腰のあたりで右手で小さく手を振った。

「そんなことを言うたら。あやつのことだ。[松田屋]の付近を、うろうろしかねんではないか」

父子ともに、小さく笑い合った。

「それより勘兵衛、御家老に会うのであれば、わしも同道しようか」

「そう、いたしましょうか」

「うむ、そうしよう」

と、いうことになった。

勘兵衛親子は、清水町の屋敷を出て柳町に向かった。

柳町は、十二間堀沿いに柳の木が植えられていることからその名がある。

いわゆる町方の町名ではなく、清水町や水落町同様に、侍町のなかの呼称であった。

柳町は、特に高禄の者の武家屋敷が建ち並ぶところで、御家老屋敷は大手門から近い南の端にある。

「ところで埋忠明寿《うめただみょうじゅ》は、どうした」

と、孫兵衛が聞いてきた。

埋忠明寿は、昨年に勘兵衛が入手した刀身が二尺六寸五分（約八〇チセン）もある長刀の銘である。

「は、あの長刀では、あまりに目立ちますゆえ、父上から頂戴いたしました、元の刀に替えました」

「ふむ、隠密の旅じゃったからのう」

「さようで……」

「それにしても、相変わらず無茶をやったものよのう。その大胆さに、舅どのが目を剝いてござったが、わしも聞かされたときは肝が縮み上がったわ」

舅どのとは勘兵衛の妻の父親、大目付の塩川益右衛門《ますえもん》のことである。

「いや、あれは、致し方なき仕儀でございまして……」

替え玉の行列を仕立て、若君には偽名を使わせ、旅をさせたことを言っている。

「よい、よい。あらかたのことは、七之丞《しちのじょう》から聞いた。いや、驚くことばかりじゃ」

この故郷で、若君の直明が勘兵衛とともに旅をして国許に入ったことを知っているのは、塩川益右衛門に孫兵衛、それから室田貫右衛門率いる徒目付衆、それに直明付き家老の伊波利三《いなみとしぞう》、小姓組頭の塩川七之丞ほか近習たちだけである。

それぞれには、厳しい箝口令が敷かれていた。

「で、お殿さまのご病状は、いかがでございますか」

「うむ。風邪、というより医師は時疫《じえき》というが、それがこじれて一時は重篤であったそうだ。しかし、今では熱も下がり、小康を保っておられるようじゃ。なにしろ、ご高齢のことゆえ油断はできぬが、平癒も間近であろうとのことだ」

時疫というのは、現代でいうインフェルエンザで、直良は肺炎を併発したのであろう。

「それは、よろしゅうございました」

などと話しているうちにも、御家老屋敷に着いた。

さっそくに、松田与左衛門からの書状に目を通していた国家老、斉藤利正が顔を上げた。

「もうひとつ要領を得ぬのだが、これは、将軍家の上使を迎える準備をしておけ、ということかの」

と、尋ねてきた。

対して、勘兵衛は答えた。

「いえ、そういった趣旨ではございません。松田さまのお考えでは、できれば病気お見舞いの上使などは不要にしたい。というのも、たいそうな物入りになろうから、と申しておりました」

「ふむ。そのほうがありがたい。このところ、財政も苦しい砌《みぎり》であるからな」

「といって、上使をお断わりして御殿《おんとの》に万一のことあれば、幕閣の顰蹙《ひんしゆく》を買いましょう。それゆえ拙者に、病状の変化あるいは快復の状況など、刻刻《こつこく》つぶさに知らせるようにとのご指示がございました。拙者は、言わばそのための連絡役でございます」

「なるほど」

「松田さまは、拙者の報告を見ながら幕閣に対応して、見極めをつける所存とお見受けいたしました。聞きますれば、御殿《おんとの》におかれましては、おいおい快方に向かわれるそうにございますから、このままだと、おそらく上使を迎えることもなさそうに思われます」

「そうか。ぜひにも、そうあってほしいものだ。わかった。ご苦労じゃが、そなた、努めて江戸方との橋渡しを頼んだぞ」

「承知いたしました」

一礼して、無事に国家老に怪しまれることなく、勘兵衛は大手を振って城下にとどまる口実を作ったのである。

曲者たちの跋扈《ばっこ》

1

難なく国家老をたぶらかして、家老屋敷を出ると、孫兵衛が言う。

「ついでのことだ。舅どのに挨拶をしていかんか」

「はい。ご報告しなければならないことや、お願いしたき儀もございます。まいりましょう」

塩川益右衛門の屋敷は、同じ柳町にあった。

勘兵衛を迎えて益右衛門は大いに喜び、妻女の史《ふみ》も交えて、しばしの歓談があった。

史が言う。

「婿どの、つい先ごろに園枝から文が届きましてなあ。江戸での楽しい暮らしぶりが、生き生きと伝わってくるようでございましたよ。とりわけ、浅草の三社権現の祭がよほどに楽しかったようで、このように胸が弾みましたのは生まれて初めてのことにございました、と書かれておりましたよ」

「あ、そうですか」

そういえば園枝は、自分にもそのような感想を述べていたな、と勘兵衛は思い出した。

「詳しいことまでは書かれておりませなんだが、なにが園枝を、そのように喜ばせたのか、よろしければ三社の祭の様子など、土産話に聞かせてはいただけませぬか」

「いや、それは、その……」

こりゃ困った、と勘兵衛は思った。

実は、あれは三社祭の見物などではなかった。

越後高田藩の隠密どもが、あの日、船渡御《ふなとぎょ》の見物に出かけるという情報を得た勘兵衛は、敵の面《めん》を割っておく目的で祭に出かけたのである。

それに園枝を連れていったのは、単に敵に怪しまれぬための偽装であったからだ。

そんな勘兵衛の困惑を見通したように、

「コホン！」

と益右衛門が、ひとつしわぶきを入れたあと——。

「これ、史。若い夫婦の遊びに、そうそう口を挟むものではないぞ」

「いえ、あなた、わたしにそんなつもりは……」

「まあ、よいではないか。それより勘兵衛とは、公務として大切な話がある。そろそろ席を外してはどうだ」

助け船を出してくれた。

やや不服顔の史が座敷を出ていくと、

「すまぬな。三社祭船渡御の一件は、伜から詳しく聞いて事情はわかっておる。あいつが知らんだけのことだ」

「そうでございましたか」

敵の顔を見知っておくために、塩川七之丞や伊波利三も、あのとき浅草で合流したのであった。

「ところで……越後高田の賊どもじゃが、なんでも、替え玉行列に襲撃をしかけようとした形跡があった、というのだが、これはまことか」

と、益右衛門が本題に入ってきた。

「は。そのこと、どのようにお聞きになられましたか」

「うむ。行列が木曽川近く、大浦村庄屋の元で中食《ちゅうじき》の休息に入ったところ、服部源次右衛門の手の者というのが伊波利三に、伊部宿に入る手前にて襲撃の計画がある、と注進をしてきたというのだ。それで、行列に先立ち、物頭ほか十人ばかりを、警戒のため差し向けたところ、伊部宿手前の街道には丸太が散乱していたという。それで、傍らに迫る山の中腹を調べたところ、なにやら仕掛けが施されていたが、怪しき者たちの姿は、どこにも見当たらなかった、と聞いたのだが」

「はい。それにまちがいはございません。具体的に申せば、伊部宿での襲撃団は九人、街道を見下ろす山の中腹に丸太止めの仕掛けを作り、行列が通過するとき、一人か二人が丸太止めの縄を断ち切って丸太を転がり落とす。騒然となった行列に向けて三人が矢を射かけ、なおかつ四、五人の斬り込み隊で若君さまを狙う、という段取りでありましたような」

「なんと、不敵な……」

益右衛門の眉が逆立った。

「行列に先立ち、服部さまの手の者が二人、警戒を怠らず、事前に襲撃計画をつかんでおり、決行日の前夜に丸太を街道に落としております。それで計画を断念した九人の賊は、そうそうに逃亡したのです」

勘兵衛は、あえて喜十、忠八の名は出さぬように話した。

「そういうことか。さすがに忍び目付の手の者だ。心強いのう」

「で、九人の賊を追いましたところ」

「お、そこまでやってくれたのか」

「はい。行き先は敦賀、そこから越後に向かう船があるそうで、おそらくは海路で越後高田に逃げ帰ったのでしょう。問題は――」

勘兵衛は、その九人の賊とは別に、町医者の夫婦者に化けた二人が城下町に侵入したこと、さらには、その後の動きを報告した。

「むう、不埒者《ふらちもの》めが……」

益右衛門も孫兵衛も、唇を引き結び、目は怒りに燃えている。

(ここは、釘を刺しておかねばならぬな)

「ただし、今はお手出しなきように、と、これは忍び目付さまからの伝言でございます。といいますのも、このご城下に、どれほど越後高田の息がかかった者がひそんでおるともしれません」

言うと、

「わかっておる。城下に騒ぎが起これば、なにゆえに越後高田の賊が、ということになって、謀略が表沙汰になるやもしれぬ。それを国家老をはじめ、ご重役の耳には入れたくない、ということだな」

と、益右衛門が言って、孫兵衛も、

「ましてや裏に御大老が絡んでいるとなると、たしかに江戸留守居役さまが危惧されるとおり、若君を廃嫡して藩祖の家から御養子を入れたほうが得策だ、などと言い出しかねませんからな」

「ううむ。どうにも、もどかしいの」

益右衛門は、嘆ずるように言った。

「局面が、どう転んでいくかは予断を許しませぬが、若君がこの大野を発ち江戸に到着するまで、できれば騒動にはせず、しのぎ切りたいと思います。つきましては、必要な折には、なにかとお力添えをお願い申し上げます」

「わかっておる。他人《ひと》ごとではないからな」

先に長男を亡くし、益右衛門の嫡男となった七之丞は、若君近習の小姓組頭であった。まさに他人《ひと》ごとではないのである。

「では、さっそくながらお調べを願いたいことがございます」

「言うてみよ」

「まずは、越後高田の女狐が入ったという、勝山城下の米問屋［大黒屋］のことでございます」

「ふむ。いかにも面妖なことだな。いや［大黒屋］は勝山城下でも豪商で聞こえておる。たしか当主は喜兵衛《きべえ》といったか……」

　益右衛門が言うのに重ねるように、孫兵衛が言う。

「はい、［大黒屋］喜兵衛。勝山時代、拙者は勘定方におりました関係で、ときおりは出入りもございました。そのようなところに、なにゆえに……あっ！」

「どうした、落合」

「はい。いや、これは……。［大黒屋］喜兵衛といえば、たしか、殿さま参府の折に、中食休息のため、真っ先に立ち寄る家ではございませぬか」

「お！」

「まことで、ございますか」

　益右衛門と、勘兵衛、ほぼ同時に声が出た。

（これは、いったい……）

　疑問はあるが、［大黒屋］に入った女狐のことは、引き続いて喜十が探索の手を入れている。

その結果報告を聞いてからでも、遅くはない。

そう判断して、勘兵衛は次に五番下町にある［越後屋］のことを尋ねた。

「うむ、そこの番頭が、越後高田の女密偵を［大黒屋］に連れていったのだな」

「さようでございます」

「ちょいと覚えがないが、落合はどうだ」

「拙者にもわかりかねます。町方のことゆえ、ここは町奉行にでも尋ねるのがよかろうかと思われますが」

孫兵衛の進言に、うむ、うむと益右衛門はうなずき、

「さて、どのような口実にしたものか……」

思案している。

孫兵衛が言った。

「口実など不要でございましょう」

「そうかな」

「はい。今枝助八郎《いまえだすけはちろう》なら、かつて春日町にあった中山道場での弟子《でし》でございましてな。今も、ときおりは行き来がございます。なんなら拙者が尋ねてまいりましょうか」

「そうか、では頼もうかの」

今枝助八郎、というのが今の町奉行か、と勘兵衛は察した。

2

塩川家の屋敷を辞したあと、孫兵衛が言った。

「町奉行の今枝は、まだ役所におろう。ちょいと［越後屋］のことなど聞き込んでくるゆえ、おまえは先に戻っておれ」

「はい。お手数をおかけします」

「ではな」

言って孫兵衛は十二間堀に沿って延びる道を、清水町へ戻るのとは逆に、北へ向かった。下大手門の方向だ。

三ノ丸曲輪に、藩庁に属する各役所が集まっている。

この柳町から城に入るには、南の大手門と北の下大手門があった。

町奉行役所には、下大手門からのほうが近いのだ。

ちなみに城門は、新堀門に山下門、それに水落門と合計で五つあった。

清水町の屋敷に戻り、勘兵衛は改めて母のりさと、こもごも会話した。

孫兵衛が戻ってきたのは、半刻ばかりもたってからであった。

それによると、[越後屋]は越後縮《ちぢみ》などを扱う呉服店であるが、一昨年の八月に開店した新しい店であるらしい。

「なんでも、江戸、神田須田町にある呉服物商人で[越後屋]利八の出店ということだ。店主は文五郎、利八店の番頭と届けられておるそうだ」

「ははあ、江戸が親店ですか……」

これはひとつ、松田の手で調べてもらったほうがよいかもしれぬな、と勘兵衛は思っていた。

(さて、さっそくに斧次郎に知らせねば……)

斧次郎との打ち合わせで、こちらから連絡を入れるときは、あの春日町の油蔵に出向く。留守ならば玄関先に、菅笠をぶら下げてくることになっている。

すると斧次郎が、清水町の屋敷まで出向いてくる、という段取りだ。

文書だと、誰かの目にとまる危険性もあるから、すべては口頭でと決めていた。

「おい。八次郎」

声をかけると、八次郎が手の甲で唇を拭いながら飛び出してきた。

口のまわり白い粉がついている。

母が差し入れた、大福餅でも食っていたのだろう。

「はは……」

勘兵衛が思わず笑うと、さらに手の甲で、ごしごしこすっている。

「すまぬがな。例の油蔵へ行って、菅笠をぶら下げてきてくれ」

「はい。さっそく」

ちょうどそんな折、用人の望月がやってきて、

「若さま。なんですか、[松田屋]の手代で音吉《おときち》という者がきておりますが」

「お、そうか。よし、俺が出よう」

これはまた、折好いことではないか、と勘兵衛は思った。

斧次郎が勘兵衛を訪ねてくるときには、松田屋の手代を名乗ることに決めていた。

「あ、望月さん」

控え部屋に戻ろうとする用人を勘兵衛は呼び止め、

「その音吉という者、これからも折折に、俺を訪ねてくるので含み置いてくれ。また、俺が留守のときは、この八次郎に取り次いでくれ」

と、頼んでおいた。

「心得ました」

それから勘兵衛は斧次郎を、八次郎に使わせている部屋に引き入れた。

「ご長男さまが戻ってこられましたので、取り急ぎ、ご報告をと思いまして」

今朝の今と、きょう二度目の訪問になる斧次郎が、さっそくに言う。

「そうか。で、どうであった」

喜十が、勝山城下の米問屋［大黒屋］に入った女狐を確認したのが一昨日のことだ。

そして、きょう喜十が大野に戻ってきたということは、およそ三日をかけて調査したことになる。

「はい。あの女、［大黒屋］の奥向きの雇われ女《め》になったようですよ。それとなく聞き出したところでは、［越後屋］が請人《うけにん》となっているようです」

「なんと……！」

請人というのは、保証人のことだ。

勘兵衛の内側で、だんだんに影が結ばれていく気配があった。

「ところで、例の調べごとだが……」

勘兵衛は［大黒屋］と［越後屋］の概略を述べたあと、

「敵の手には、芫青《げんせい》という唐《から》渡りの猛毒がある。あるいは、女狐の狙いは、若君が江戸に戻る道中に、殿さま参府の折と同様に、［大黒屋］にて中食休息に入ると踏んで、膳に毒でも混入しようという魂胆かもしれぬな」

「ええっ」

驚きの声をあげたのは、八次郎だ。

斧次郎は、強くうなずいていた。

勘兵衛のなかに結びはじめた影は、今はもうはっきりとした像を結び、確信に変わっている。

「それから［越後屋］は、まちがいなく越後高田藩から送り込まれた犬だ。開店したのが一昨年の八月。我らが越後高田の謀略の全貌をつかんだのが、その翌月のことであった。そのときすでに、犬はこの城下にまで送り込まれていた、ということだ」

（ううむ。小栗美作め……）

勘兵衛自身は、まだ見たこともない越後高田藩の筆頭家老であるが――。

むらむらと湧き起こるような闘志がみなぎってくるのを、勘兵衛は覚えた。

3

翌日、父の孫兵衛は非番であった。

勘兵衛は朝食前、長らくお預けになっていた日課の剣の素振りを庭でこなし、朝食が終わると、

「父上、少しばかりご相談がございます」

そして、なにごとか話し合っていたのだが、やがて用人の望月が呼ばれた。

孫兵衛が、

「すまぬが三郎、おまえ、これから御奏者《そうしゃ》の伊波仙右衛門どの、それから大目付の塩川益右衛門どのをつかまえてな。落合勘兵衛がお二方に、是非にも一献差し上げたい と、たっての願いゆえに、おそれながら夕刻ごろに、当家へお越しいただきたく、と、お二方のご都合のほどをお聞きしてくれ」

と、使いを送り出した。

それから、

「さてさて。こりゃ、大変じゃ」

独りごちて、孫兵衛は奥へ向かった。

おそらくは、酒宴の準備などを梨紗に頼みにいったのであろう。

半刻もしないうちに望月が戻ってきて、

「ご両人さま、いずれも喜んでご招待をお受けする、とのことでございます」

「うむ。それは重畳《ちょうじょう》」

孫兵衛は力を含んだ声でいうと、

「では、ちょいと座敷の片づけをしておこう。おい、勘兵衛、おまえも手伝え」

「承知いたしました」

二人、いそいそと準備に余念がない。

やがて日暮れも近く、まず現われたのは御奏者の伊波仙右衛門であった。

御奏者は家老、留守居役、御用人に次ぐ藩の要の重職であって、仙右衛門は直明付家老、伊波利三の父である。

「唐突にお呼びだてして、恐縮でござる」

孫兵衛が頭を下げるのに合わせて、勘兵衛も一礼した。

「なんの。それより、勘兵衛どの、此度はまた大役であったのう」

と声をひそめて言ったところをみると、すでに利三から、あらかたのことは聞いているらしい。

さらには、こう言った。

「園枝どのとも仲睦まじいらしいの。こざっぱりとした、好い住み処だと聞いたぞ」

「おそれいります」

仙右衛門は端正な顔で柔和に笑い、続ける。

「滝《たき》もな。いまだに園枝どののことを、妹のように思うておる。江戸に戻れば、そのように伝えてやってくれ」

「は、必ず伝えましょう」

滝というのは、仙右衛門の娘で利三には実姉にあたる。

滝は塩川家の長男の元に嫁ぎ、園枝にとっては義姉であった。

だが、その長男が不慮の死を遂げた。二年前のことだ。

そして園枝が勘兵衛に嫁いだのち、滝は塩川家から籍を抜いて、実家の伊波家に戻ったのである。

そのような関係であるから、伊波家、塩川家、そして落合家は強い絆で結ばれていた。

閨閥、といってもいいかもしれない。

また偶然にも、勘兵衛にとって、伊波家の利三、そして塩川家の七之丞は、幼いころからの親友同士でもあった。

「ま、酒宴は塩川さまがお見えになってからということにして、とりあえずは一服いかがですか」

煙草好きの孫兵衛が、愛用の箱形煙草盆を仙右衛門のほうに押しやると、

「うむ。そうしようかの」

言って仙右衛門は腰から煙草入れを抜き取って、鉈豆型《なたまめ》のずんぐりした銀煙管《ぎんぎせる》を取り出した。

「では、頂戴いたす」

刻み煙草が入った煙草盆の引き出しを開け、器用に丸めて煙管に詰め、火入れから火を移す。

「では、拙者も」

孫兵衛も煙草盆の煙管掛けから、愛用の六角如信《にょしん》煙管をはずし、火皿に刻みを詰めはじめた。

そうこうするうちに塩川益右衛門もやってきた。

「や、や。遅くなりましたかの」

先に仙右衛門が到着しているのを見て、益右衛門が言う。

伊波家は三百石、塩川家が二百石の家で、どちらも重役の席にあるが、家格は伊波家のほうが上である。

ちなみに、落合家は元は七十石の家であったが、一度は三十五石に落とされた。

そして孫兵衛が隠居して、勘兵衛が家督を継いだのち百石に増録された。

さらには隠居の孫兵衛が、新たに目付職に返り咲いて百石を賜わった。

こうして落合家は、二百石にまで上ってきた、ということになる。

応えて仙右衛門が言う。

「いや、こちらが勝手に早めにやってきたまでのことじゃ。ところで、まずは勘兵衛どのの話というのを聞こうかの」

「うむ。酒宴はそのあとだ」

と、益右衛門。

二人とも、突然に降って湧いたような今宵の酒宴へのお呼ばれを、ただの酒宴ではないと悟っていた。

孫兵衛が言う。

「では、酒宴はのちのことといたしまして、せめて茶の支度なりと……」

対して仙右衛門が、

「うん、うん、そう急ぐこともないからな」

言って、再び煙草盆の刻み煙草に手を伸ばした。

話の途中に、茶を運んで妻女がくれば、途切れさせなければならない種類の話だと匂わせた、孫兵衛の言を感じとったらしい。

やがて、梨紗が茶と茶菓を座敷に運び入れて、挨拶をすませて去ったのち――。

「されば――」

孫兵衛が、ことばを押し出した。

「実は、伜めが、またも無茶なことを言い出しましてな。ですが、よくよく聞けば、道理が通っていないでもない。そこで、ひととおりは伊波さま、塩川さまに聞いていただきたく思いました次第です」

「勘兵衛の無茶には、昔から馴れておる」

打って響くように仙右衛門が言って、益右衛門と目を見合わせたのち、声を立てて笑った。

「実は……」

勘兵衛はまず、城下に潜り込んでいる越前高田の間諜の、最新の情報を二人に告げた。

　まず塩川益右衛門が、これに反応した。

「ふうむ。勝山の［大黒屋］に小女として入ったというか」

「はい。さすれば、なぜかと考えるに、［大黒屋］は我が殿参府の際に、まず真っ先に休息に使われる家にございます」

　勘兵衛はことばを切ったが、両人とも、眉根を寄せながら、勘兵衛の次のことばを待っていた。

「となれば、若君国帰りを終えて、江戸に戻る際にも［大黒屋］が使われましょう。敵はそのことを見越して女間者を［大黒屋］の奥向きに入れた、と見るのが妥当でしょう。すなわち、中食《ちゅうじき》の膳に毒を飼う」

「不埒な！」

　益右衛門が吠えたが、伊波仙右衛門は無言のまま目を閉じた。

　だが、その表情がこわばっている。

　勘兵衛は続けた。

「その女狐を、秘かに始末する、という手もございますが、城下には、先ほど申しました［越後屋］以外にも、どこにどのような間諜が潜り込んでいるやもしれず、女狐を始末いたさば、また次の手を考えてくる、と、これはもう際限もございませぬ。されば、女狐の件は、あくまで気づかぬふうを装って、その裏をかくのが得策かと思われます」

「ううむ……」

益右衛門が呻き、仙右衛門が目を開いた。

「では、裏をかく手だてがあるのだな」

「ございます」

勘兵衛は明瞭に答えた。

「聞かせてくれ」

「行列の行程を替えるのです」

「それはそうだが……」

仙右衛門が首を傾げた。

勘兵衛は言う。

「そもそも、参勤の行列が九頭竜の大河を渡って勝山を通り、福井を通過して、という順路は、前前代の松平直政さまにはじまり、それを前代の松平直基さまも踏襲し、我らも、それを引き継いだに過ぎません。いわば、知らず知らず前例に縛られているばかり。それゆえ、新たな順路をと考えた次第です」

「というて、美濃街道で郡上《ぐじょう》への道は、いずれも行列では無理だ。となると、東郷村を経て、ということになるが……」

仙右衛門は、わずかに首を傾けた。

「はい。問題は、領外へ出るまでの坂戸峠、という難所でございますな」

「そうだ。あまりの急坂ゆえに、車の通行を禁じているくらいだぞ」

と、これは益右衛門。

「そういうことだ。それゆえ直政公が大野藩を立藩して以来、参勤の道筋は勝山経由と定められたのだ」

「しかし、車の通行が禁じられていても、騎馬が無理ではございません。わたしが家塾で乗馬の稽古をいたしました折も、最後の腕試しは、騎馬での坂戸峠の上り下りでございましたぞ」

「そりゃ、まあ……」

と、仙右衛門は苦笑いした。

「昔のことじゃが、わしにも覚えはある」

「たしかに拙者も、騎馬で上り下りをした」

益右衛門も言った。

「それだけでは、ございません。過ぐる十年ばかりも前、お殿さまには、西潟の飛び領をご視察されたことがございましたが、その折に御駕籠はたしか、坂戸峠を越え、東郷村から東郷道にて浅水《あそうず》の宿へと入ったのではございませぬか」

「それは……たしかに」

「ならば、参勤の行列も可能なはず」

「…………」

仙右衛門と、益右衛門が互いの視線を交わしていた。

「それに、その順路の変更には多大な利点がございます。と言いますのも、聞けば財政逼迫の折柄《おりから》、東郷道を使えば参府に要する日数は二日縮まります」

「ふむ。節約ができるということか」

「さようで、ございます。さて、そのことを踏まえたうえで、伊波さま、塩川さまにお願いしたき儀がございます」

言って勘兵衛は、深ぶかと頭を下げた。

「そこまで聞けば、改めて聞くまでもない」

仙右衛門は腕組みをして、しばし沈黙したのち、

「塩川どのは、どう思われる」

「はあ。勘兵衛の考えでは、他の御重役方に越後高田の謀略を知られずに、という制約がございますからな。若君の江戸帰りならば、御重役方に諮《はか》るまでもなく、若君の希望ということで御供番頭の裁量だけで、すませられませぬかな。それが一番、無難と思われますが」

「それは、そうだがな」

仙右衛門は、またも沈黙したのち話しはじめた。

「いっそのこと、財政のことを持ち出して、今後の参勤の道中替えについて建議してはどうだろう。勘定奉行に道中の費用《かかり》を試算させ、ほかのご重役たちにも根回しをせねばならぬが……」

「ははあ、正式に御重役たちに諮ろうとおっしゃるか」

「うむ。このところ、新たな銅山開発で、にわかに借財も増えてきておる折だ。それに参勤は、まさに金食い虫ではないか。それが二日も縮まるとなれば、かなりの経費節減が図られる。たしかに勘兵衛の言うとおり、これまでの参勤に対して、あまりにも前例に縛られておった。過《あやま》ちては則《すなわ》ち改むるに憚《はばか》ること勿《なか》れ、というではないか」

仙右衛門の言う銅山開発とは、御領村《ごりょうむら》の弥四郎谷《やしろうだに》に新たな坑道の敷設をはじめ、まもなく完成を見ようというものであった。

仙右衛門の答えに、益右衛門はうなずいた。

「なるほど。では、経費節減という観点に的を絞って、ということでございますな」

「さよう、さよう」

どうやら、勘兵衛の進言が通ったようである。

4

つがいの燕たちが軒下にかけはじめた巣は、まだまだ形にもなっていない。

だが、確実に、なすりつけられた泥の量は増えている。

どこから泥を咥えてくるのか、二羽の燕たちは、ときおりは枯れ草なども運んできて、巣作りに励んでいる。

（あと十日もせぬうちに、梅雨がくるが……）

とても、それまでに完成するとも思えなかった。

（どうするのか）

そんな興味もあって勘兵衛は、庭の隅からきては消え、また戻ってくる燕の様子を観察していた。

そろそろ昼下がりだが、朝から暑い日であった。

ふいに玄関先に人影がさし、チュチュと騒いでいた燕が、さっと空中を滑るように姿を消した。

「お、義兄上……」

現われたのは、姉の夫である室田貫右衛門であった。

「おう、今朝方、お頭さまに、おまえが屋敷に戻っていると聞いてな」

目付の貫右衛門が、お頭と呼ぶのは大目付の塩川益右衛門のことである。

「ああ、これはご挨拶が遅れました。実は一昨日の午後に、こちらへ移りました」

「そうらしいな。うん。玄関を上がるまでもない。縁側ででも話そうか」

玄関横の庭先から庭をまわって、二人、縁側に腰かける。

「いよいよ、夏じゃな」

言って貫右衛門は懐から手拭いを出し、汗が滲んだ首筋を拭いている。

見るところ、あちこち駆けずりまわってきたようだ。

「冷えた麦湯でも運ばせましょう」

「いや。それには及ばぬ。［越後屋］の件だ」

「ああ、はい」

実は昨夜、御奏者と大目付を招いての酒宴に先立ち、勘兵衛が持ち出したのは、行列道程の変更だけではなかった。

どう考えても［越後屋］は、越後高田が送り込んだ間諜である。

その［越後屋］のことは、忍び目付組の四人が交替で見張ってはいようが、さらに間諜の数が増えてくれれば、少人数ゆえに手にも余ろう。

それで町奉行の手を借りてでも、すっぽり網をかけておくことはできないか、と勘兵衛は相談したのである。

すると父の孫兵衛が、

――よし、その件はわしが、大目付さまとも相談して、なにか手を考えよう。

ということになっていた。

貫右衛門が続ける。

「［越後屋］は四番下町の石灯籠通りにも面した角店《かどだな》でな。真向かいに［分銅屋《ふんどんや》］という細物屋《ほそものや》がある」

「ああ、［越後屋］は、あの店の向かいですか」

細物屋というのは、うどん、素麵を製麵して、城に納めると同時に小売りもしている商店であった。

「その［分銅屋］の二階にな。町奉行を通した四番下町庄屋の口利きで、徒目付の高《たか》田次助《だじすけ》と、もう一人、我が弟の小左衛門《こざえもん》を潜《もぐ》らせ、二六時中、監視させる段取りをつけてきた」

勘兵衛は、どちらも見知っている。

貫右衛門の弟、室田小左衛門は徒目付見習である。

二人とも、貫右衛門とともに蕨の宿まで出張ってきて、若君の道中を警護した者であった。

「ほう。異例ですね」

徒目付にせよ、その見習にせよ、本来は御家中、諸役人の監察が職務で、町方を監視するなどというのは、まさに異例でしかない。

「うむ。髷《まげ》も町人ふうに結い直させて、服装もそれらしく替えさせたから、心配はいらぬよ」

「いえ、心配をしているわけではございませんが……。監視だけにとどめて、尾行などはなさいませんようにお願いいたします」

敵に感づかれては困る。

「うむ。そこまでは命じておらぬから、心配には及ばぬ」

「はい。それから、ついでのことに、少し教えてはもらえませんか」

「うん。なにをだ」

「はい。なにしろ、わたし……。十七で家督を預かり、すぐに御供番の役につきましたが、それもわずかに一年で江戸へまいりました次第。それで恥ずかしながら、この大野での町方の支配について、少し疎《うと》うございます」

先ほど町奉行を通して庄屋うんぬん、と貫右衛門は言ったが、もうひとつ仕組みがわからなかった。

今後のこともある。

この際に、知っておいたほうがよいのではないか、と考えたのだ。

「なるほど。江戸とはちがう点もある」

貫右衛門は、しばらく考えをまとめるように思案したのち、

「まず、江戸とはちがい、町奉行は月番ではなく、専任者が一人だ」

「それが、今枝助八郎さま……」

「うむ。役所は評定所内に置かれておるが、江戸のように与力も同心もない。部下はわずかでな。調方《しらべかた》が二人に、寺社町方吟味役が一人、これには下役が二人ついてお

る。あとは牢奉行が三人、こちらは必要に応じて足軽に牢番をさせる。それがすべてだ」

「ほう。意外に少ないんですね」

「うん。主な仕事は物価の統制に民事の取り調べ、もちろん、町には岡っ引きのような者を飼っておる。滅多にはないが、捕物があるときには足軽を動員するのだ。あとのことは、すべて、町方にまかせておるようだ。すなわち――」

町方の自治は、町年寄二人が月番で務め、十三の町には、それぞれ庄屋一人と組頭が二人置かれ、その下に五人組ごとに五人組頭が置かれて町政を仕切っているそうだ。

「そうですか。いや、よくわかりました」

「うん。まあ、そういうわけだから、［越後屋］の監視は、まかせておけ。おかしな動きがあれば、すぐにも知らせよう」

「いや、ありがとうございました」

「うむ。そうそう、もうひとつ……。実は、今枝どのより、気になることを聞いた」

「なんで、ございましょうか」

「今枝どのが、［越後屋］についてお義父上に尋ねられたときには、迂闊《うかつ》にも思いつかなんだそうだが」

「なんでございましょう」

「昨年の夏、こおろぎ町に家借《いえがり》して「梅むら」という新規開店の飲み屋ができた。この請人《うけにん》となったのが「越後屋」だというのだな」

「ははあ」

「わしは、まだ覗いたことはないが、そこの女将は、なかなかの美形だそうだ。なんでも「越後屋」が江戸から呼び寄せたそうで、「越後屋」の妾ではないか、との噂もある」

「すると、その店もまた、越後高田の息がかかっているやもしれませぬな」

「そうかもしれん。こちらも見張ろうか」

「いや。そこまでは、まだ必要はないかと思いますが、その店には、御家中の者も出入りしておりましょうか」

「さあて……」

貫右衛門は首をひねり、冗談のようにつけ加えた。

「なにしろ、詩織嬶《しおりかか》さまが角を出すでな。うっかり、こおろぎ町などには行けぬのだ」

貫右衛門の妻は詩織といって、勘兵衛の姉であった。

5

（ふうむ。［梅むら］……）

貫右衛門が去ったあと、勘兵衛は縁側に腰かけたまま、しばらく考えた。

（一度、覗いてみたいが……）

だが、その前に、［越後屋］に二六時中の見張りがついたこと、それに新たに浮かび上がった［梅むら］のことを、斧次郎に知らせておかなければならない。

さっそく八次郎を、春日町の油蔵に向かわせた。

それからまた勘兵衛は、ああでもない、こうでもないと煩慮をしていたが――。

（えい。用心ばかりしていては、どうにも動きがとれぬわ！）

清水の舞台から飛び降りるような気分で、決断をつけた。

やがて、八次郎が戻ってきた。

思ったとおり、油蔵の寮は留守で、菅笠をぶら下げてきた、と言う。

「八次郎、戻ってきたばかりのところを悪いが、もうひとつ使いをしてくれぬか」

「はい。今度はどちらへ」

「うん。おまえ、中村文左《なかむらぶんざ》を覚えておるか」

「はい、もちろん。少少小太りの……」

「他人《ひと》のことは言えぬぞ」

言うと、八次郎は首をすくめた。

大食らいの分、八次郎もまた小太りであった。

「たしか北山町の郷方《ごうかた》組屋敷でございましたな」

昨年の帰郷の折にも、勘兵衛は八次郎を文左の元へ使いに出している。

中村文左は、塩川七之丞と同じく勘兵衛と同い歳で、家塾も道場も一緒だった友人である。

「まずは、俺が戻ってきたことを教えてな。それから、明日の午後、俺は坂巻《さかまき》道場に行くが、よければ勤めを終えたのちに道場へ来ぬか、と誘ってみてくれ。夕刻から、一杯やりたい、ともな」

「承知いたしました」

使いから戻って、八次郎が言う。

「もう、大変な喜びようで、明日の夕刻には必ず坂巻道場に顔を出すとのことでございました」

勘兵衛も、明日が楽しみであった。

斧次郎が、八次郎がぶら下げてきた菅笠を手に、やってきたのは、夕食もすませたのちの夜である。

勘兵衛が、［越後屋］二六時中監視の話をすると、斧次郎は、

「それは助かります。交替交替に見張ってはおりやすが、なにしろ往来からの見張りは限界があって、いっそ近間の貸し家でも探そうか、と親方が言っておったところです」

特に進展はない模様だ。

「苦労をかけてすまぬな。それと……」

こおろぎ町の［梅むら］の話をした。

さっそく、そちらも見張りましょう、と言って斧次郎は戻っていった。

白山御師《はくさんおし》

1

昼食ののち、勘兵衛は清水町の屋敷を出た。

菅笠をつけ、急ぐでもなく坂巻道場に向かう。

二の横町、大鋸町と東に進んで勘兵衛は足を止め、背割《せわり》水路ごしに北を見た。

そのあたりが〈こおろぎ町〉である。

[梅むら]という店を確かめておこうと思ったのだが、昼日中の歓楽街は、まるで眠ったようで、どの店がそれなのかわからない。

それで勘兵衛は、少し引き返して水路に架かる小橋を渡り向こう側に出た。

本願寺清水《しょうず》を水源とする背割水路は、幅が半間（約九〇チセン）ほどあって、これが南北の道の中央を走っている。

ところどころには河戸《こうど》と呼ばれる石階段が設けられて、水を汲めるようになっていた。

例外的に東西の通りに水路が設けられているのは、この通りと北方の正膳町通りの一部だけである。

水路の北側を、店を一軒一軒確かめながら、勘兵衛は東に歩いた。

何本かある路地の入口を過ぎ、

左に現われた間口三間の家は、まだ大戸が閉《た》てられたままであったが、その大戸の目立たぬところに［梅むら］の文字があった。

（ここか……）

勘兵衛は、足を止めることなく、そのまま進んだ。

目指す坂巻道場は後寺町にある。

後寺町は、寺町の東に位置していて、神明社や山王社があるところだ。

山王社の南には、山王池と呼ばれる大きな湧水池があって、坂巻道場は、その畔《ほとり》に建っている。

つい二日前から、勘兵衛は剣の一人稽古を再開したが、きょうは道場で一汗流すつもりであった。

（四年ぶりになるか）

最後に坂巻道場で稽古をしたときのことを思い出そうとしたが、もうひとつはっきりしない。

思い出すのは、伊波利三や塩川七之丞、そして中村文左とつるんでいた、少年時代のことばかりであった。

南のほうから後寺町に入る。

左手は、寺町通りに立ち並ぶ各寺の裏塀と裏門、右手には仏具や数珠、蠟燭や線香などを商う店が並び、山王池の手前が坂巻道場であった。

道場の玄関に立つと、なかから竹刀《しない》を打ち合う音が響いてくる。

菅笠を取り勘兵衛は、

「ごめん！」

と、訪《おとな》いの声をあげた。

すると、やがて白色刺子《さしこ》の道着《どうぎ》をつけた前髪の少年が現われ、

「あっ」

小さく声をあげたあと、

「しばし、しばしお待ちを」

と言うなり、奥へと消えた。

（はて……）

そろそろ元服の年ごろに思えた、その顔にはどこか見覚えがあった。

（誰であったか……）

考えているうちにも足音がして、袴の股立《ももだ》ちを取った男が姿を現わした。

「おう、ちがいない。勘兵衛じゃ」

「これは、広瀬《ひろせ》先生。お久しゅうございます」

広瀬栄之進《えいのしん》は坂巻道場の師範代で、勘兵衛には最初の剣の師であった。

「うむ。久しいのう。いや、思いがけないことだ。去年、おまえが戻ったと聞いて、顔を見せるかと楽しみにしておったのだが……」

「申し訳ございません。ついつい、取りまぎれてしまいました」

「うんうん。嫁取りのことは聞いておる。まずは、おめでとう」

「ありがとうございます」

「ま、とにかく上がれ」

「はい」

道場に入ると、少年たちも交えて二十人ほどの門弟たちがいたが、稽古を続けているのはわずかばかりであった。

十歳前後の少年たちは、竹刀をぶら下げたまま勘兵衛のほうを見て、なにやら囁きあっている。

広瀬が、小声で言った。

「江戸からの噂も届いてきてな。おまえのことは、この道場で伝説のように語られておるのだ」

「いや、そんな……」

（大げさすぎるではないか……）

少しばかり面映《おもは》ゆい気分になった勘兵衛だが、見所《けんぞ》に道場主の坂巻直親《なおちか》の姿を認めて、

「お師匠さまに、ご挨拶を申し上げてきます」

広瀬に断わって、見所に向かった。

「お師匠さま。長らくのご無沙汰でございました」

道場の床に正座して、勘兵衛は一段高い見所の坂巻に挨拶をした。

「元気そうでなによりだ。わしのところにも、おまえの江戸での活躍は聞こえてくる

ぞ」

「活躍だなどと、とんでもございません」

「謙遜せずともよいわ。ところで、きょうは、なんぞ用でもあってか」

「いえ。久しぶりに一汗流そうかと思ってやってまいりました」

「そうか。では、どうだ。広瀬と立ち合ってみては」

「よろしゅうございますか」

「おうさ。江戸の水で、どのように成長したか楽しみじゃ」

師範代と勘兵衛の立ち合いと聞いて、たちまち稽古中だった門人たちは、道場の壁ぎわに移動した。

勘兵衛が羽織だけを脱ぎ、袴の股立ちを取って、

「では、お願いいたします」

「支度は、それでよいのか」

「はい」

「そうか。では竹刀を選べ」

勘兵衛は、壁にしつらえられた竹刀掛けから、一番長そうなのを無造作に取った。

互いに一礼したのち、間合いを取って勘兵衛が青眼に構えると、広瀬もまた青眼で

受けた。

速攻の気配を見せた広瀬に、勘兵衛が後ろに飛ぶと、広瀬は真っ正面からひた押しに押してくる。

それを勘兵衛は竹刀で払い、横ざまに飛んだところを、激しい気合いの声と同時に広瀬が胴を狙ってきた。

だが、それを勘兵衛は軽やかに躱して、八双の構えに入った。

次には広瀬が挑発するように竹刀を動かすが、勘兵衛は誘いに乗らず、ゆっくりと八双の構えから竹刀を下ろしていった。

「むう！」

だが、広瀬も勘兵衛の誘いには乗ってこない。

そのまま、両者ともに暫時の膠着状態が続いたかに見えたが、

「トウーッ」

激しい突きが勘兵衛を襲った。

その竹刀を勘兵衛の竹刀が跳ねあげ、間合いを一気に詰めると、今度は肩を狙いに竹刀が落ちてきた。

だが、勘兵衛は余裕を持って竹刀で受けた。

自分でも驚くほどに、広瀬の動きが予測できるのだ。

再び両者は青眼に構えたまま、膠着状態に入った。

ときおり勘兵衛が誘うが、広瀬がそれに乗ってこない。

(これは……相《あい》ヌケを狙っておるのか)

勘兵衛は、そうと悟った。

坂巻道場では、夕雲《せきうん》流を指南している。

相ヌケとは、剣の遣い手同士に起こる現象で、互いが互いの強さを認識して打つに打てず、ついには互いの剣を収めるという、つまりは勝ちを目標としない剣法をいう。

針ヶ谷《はりがや》夕雲を始祖とする、無住心剣術の夕雲流は不思議な流派であって、奥義は、この相ヌケにある、と説いている。

(攻めるか……)

勘兵衛は迷った。

これまでは、広瀬が攻めてくるのを勘兵衛が防いだばかりで、まだ勘兵衛は攻めてはいない。

(しかし……攻めれば、確実に勝つ)

そんな確信が、勘兵衛のうちに生まれていた。

そのとき——。

「それまで！」

見所の坂巻直親が声をかけてきた。

寸余ののち——。

勘兵衛と広瀬栄之進は、坂巻直親の私室にいた。

坂巻は、二人に茶をふるまったのち、

「どうじゃった、広瀬」

試合の感想を求められて、広瀬は答えた。

「どうも、こうも……。もはや、わたしがかなう相手ではございません。勘兵衛が、あれほどに腕を上げていたとは、予想もつきませなんだ」

「ふむ。わしもそう見た。おそらくは、わしが立ち合っても、勘兵衛には勝てぬであろう。勘兵衛、江戸では小野派一刀流を学んだのか」

「はい」

「やはりの。だが、それだけではないだろう」

「はい。さるお方から〈磯之波《いそのなみ》〉を伝授していただきました」

「ほう、居合……。伯耆《ほうき》流か」

「はい」

〈磯之波〉は、表六本、中段九本からなる伯耆流の奥義とされている。

それは、戦いを長引かせず、〈濁《だく》を残さず、勝ちて退くこと速やかなれば〉という、速攻の剣でもあった。

坂巻が言う。

「どうだろう勘兵衛、後学のためだ。〈磯之波〉の型だけでも見せてはもらえぬかな」

「承知いたしました」

再び道場に戻り、〈磯之波〉の型を披露することになった。

2

居合の型を演じるのだから、真剣でおこなう。

勘兵衛は刀を帯びて、道場の中央に正座した。

「まずは一本目、これは押さえ抜き、といって、左側に座る敵が抜き打とうとする気配を察して、すかさず刀の柄で敵の手を押さえ、退こうとする敵の腕に抜きつけて、さらに敵の腹を突く、というもの」

先に解説をつけてから、演技に入った。

一連の動きののち、左手を刀の峰に添えて、両腕の回転運動で、気合いとともに腹に切先を突っ込むと、見物の門人たちの間に、どよめきが起こった。

それから勘兵衛は血流しの動作後に勝位《しょうい》を取り、残心《ざんしん》を示して納刀、下げ緒を捌《さば》いて立ち上がると、またも道場はどよめきに包まれた。

この間、勘兵衛に、なにひとつ無駄な動きはない。

こうして二本目、三本目と進んで最後の六本目、正座しているところを前後左右から斬りかかろうとする敵に対する〈四方金切《しほうかねきり》〉の型を見せた。

「ここまでが、表六本でございます」

まだ中段九本が残っていたが、そこまでにとどめることにした。

「いや。見事なものだ」

片隅で汗を拭っていると、広瀬がきて言う。

「今は、こちらが教えられる立場だな」

「とんでもございません。たまたま江戸で、良き師に出会ったまでのこと」

今は亡き百笑火風斎《どうめきかふうさい》のことを思った。

（来月は、火風斎どのの命日だが……）

今年は墓に詣でられぬかもしれぬな、と勘兵衛は思った。

「その師から、剣の道は、究極、命のやりとりだと悟れ、と教えられました」

「ふうむ……」

広瀬はひとしきり唸り、

「なるほど、そうかもしれぬ。所詮は、あのように竹刀を振りまわすのとは、次元のちがう世界であろうな」

再びはじまった稽古を眺めながら、ぽつりと言った。

そのとき、玄関口に出てきた前髪の少年が、まっすぐに近づいてきた。

「落合先生、一手、ご教授願いたく」

物怖じしない目で、頭を下げてきた。

「いいだろう。お相手をしよう」

勘兵衛は、気軽に腰を上げた。

「さあ、どこからでもこられよ」

少年が繰り出す竹刀を受けたり、躱したりしながら、

「うむ。そこは、もう少し右足を引いて、しっかり腰を矯《た》めるのだ」

などと忠告も与える。

少年とは思えぬ膂力《りょりょく》で打ち込んでくる。

（筋はよい）

と、勘兵衛が思ったとき、ふと少年のことを思い出した。

（そうだ。小太郎。こやつは縣小太郎ではないか）

あれは、五年前のことだ――。

そのころ、勘兵衛の父の孫兵衛は濡れ衣を着せられて捕らえられた。

そして閉門のうえ、家禄を半減させて屋敷替えさせられている。

十七歳になったばかりの勘兵衛は、そのことで悶悶《もんもん》とする日日を送っていた。

この坂巻道場でも、門人たちから白い目で見られたものだ。

そんなとき勘兵衛は、それまで意識さえしていなかった一人の少年に目をとめた。

勘兵衛より五つ年下の、その少年が縣小太郎であったのだ。

小太郎には友人が一人もなく、というより同年代の少年たちから、のけ者にされていた。

詳しい事情までは知らぬが、少年の父親が失態を犯し、閉門のうえ家禄を半減させて屋敷替え、という処分を二度も受けたと聞いていた。

たぶん勘兵衛は、自分と似た境涯である小太郎に、ある種の近しさを感じたのかもしれない。

——おい。稽古をつけてやる。

勘兵衛のほうから、小太郎に声をかけたのは、そのようなことからであったろう。

（そう。三度ばかり……）

自分から進んで勘兵衛は、この小太郎を稽古の相手に選んだ。

だが、その直後に勘兵衛に御役がついて、この坂巻道場へも足が遠のいたのである。

（すると……）

勘兵衛は、竹刀を構えたまま考える。

（もう、十七歳か）

小太郎は、あのころの勘兵衛の年齢に達していることになる。

（なのに……）

前髪をつけているということは、元服はまだなのか。

と、小太郎が青眼から構えを右の上段に変えた。

その隙を見逃さず、飛び込みざま勘兵衛は、ぽーんと軽く左の横胴を打って、

「小太郎、相変わらず上段のときに隙ができるぞ！」

言うと、小太郎の顔がくしゃっとつぶれた。

「どうした」

思わず勘兵衛が竹刀を下ろすと、

「いえ……いえ。お覚えでございましたか」

小太郎の声が震えていた。

なにゆえに、元服がまだなのか。

稽古を終えたあと、勘兵衛が広瀬に尋ねると、

「ふむ。縣小太郎な」

広瀬は困ったような顔になり、

「本人のせいではない。父親がだらしなさ過ぎるのだ」

「…………」

「縣茂右衛門というて、元は御供番の番頭まで勤めた男だったが……」

「えっ」

勘兵衛が御供番の役についたころ、番頭は沓掛《くつかけ》押二《おうじ》だったが、縣茂右衛門の名を耳にしたことはない。

「もう、二十年近くも昔のことゆえ、おまえは知らんだろう。酒で身を持ち崩したの

だ。二度も譴責を食らって、三百石の家禄を七十五石にまで減らした男だ。今では、御家中の誰ともつきあいを断っておる」

「ほう」

「そのような男だからな。仵の烏帽子親になってやろうという奇特な者もいない。小太郎には気の毒だがな」

「そうでしたか」

「おまけにな……」

「はい」

「去年のことだが、郡奉行の米不正事件が発覚したのは知っておるか」

知るも知らぬも、その不正の端緒をつかんだのは勘兵衛自身であった。

それを広瀬は知らないらしい。

というより、おそらくは家中のほとんどは知らずにいるだろう。

「はい、話だけは。たしか、権田内膳という男でしたな」

話を合わせながら、

（はて？）

なぜここに、権田内膳の話が出てくるのだ、と勘兵衛は訝っていた。

「その権田内膳の妻女というのが、縣茂右衛門の妹、小太郎にとっては叔母にあたるのだ」

「…………」

広瀬の話は続いた。

権田内膳は一人娘に婿養子をとって孫も生まれたが、不正発覚によって内膳と婿養子は切腹、女と幼児は罪を許され、小太郎の父親に下げ渡された、という。

（なんということだ……）

浮世は廻る水車、とは言うが、自分の知らぬところで、小太郎の人生にかかわっていたというのか。

3

そのような巡り合わせに、勘兵衛は暗澹とした気分になった。

そんな折、中村文左が坂巻道場にやってきた。

「きたぞ。勘兵衛！」

底抜けに明るい文左の声が、今の勘兵衛には救いであった。

「よし。では、さっそくまいろうか」

勘兵衛が言うと、文左は武者窓から外を見た。

「うん。日暮れには、まだ間があるが……。ま、いいか。では、[大吉]でいいか」

[大吉]は、こおろぎ町の路地の奥にある店で、文左の母方の叔母夫婦が営むところだった。

「いや。その前に、ちょいと覗いておきたい店がある」

「なんという店だ」

[梅むら]というのだが、知っておるか」

「はて？」

「昨年の夏ごろに、新規開店した居酒屋だそうだ」

「知らんな。というより、内職が忙しゅうてな。相変わらずの貧乏暮らしだ。ところで、ううむ……」

文左は、少しばかりおかしな目つきで勘兵衛を見て、

「さては、また、なにごとかあるな」

見かけは鈍重そうだが、文左の鼻はきく。

「まあ、歩きながら話そう」

説明などできないことだが、少少頼みたいことがあった。

城勤めの一般役人は、五ツ（午前八時）までに登城して、七ツ（午後四時）に鳴る太鼓を合図に城下がりをする。

そのまま、まっすぐ組屋敷に戻る者もいるが、ちょいと一杯と寄り道をする者もいる。

だから、こおろぎ町あたりの居酒屋では、そんな客目当てに、たいがいが七ツ前には店を開く。

［梅むら］も、多分そうだろうと勘兵衛は踏んでいた。

いや、そうにちがいない。

なにゆえ越後高田の諜者が、大野城下に居酒屋を開いたのか、と考えたとき、答は自ずから導かれる。

一人酒の者もおろうが、たいがいは同僚と誘い合わせての酒となる。

話題は上司への悪口、あるいは仕事の愚痴と、これればかりは今も昔も変わらない。

［梅むら］にすれば、城勤めの各部署の役人が、向こうのほうから情報を持って足を運んでくれる、という段取りなのだ。

「訳は聞かずに頼みたいのだが……」

勘兵衛は「梅むら」への道道、文左にいくつかのことを頼んでいる。

そして「梅むら」に着いた。

陽は大きく西に傾いたが、日没には半刻ほどかかろうか、というころ合いであった。

思ったとおり、「梅むら」の大戸ははずされて、引き戸の上には梅の花をあしらった暖簾がかかっている。

文左が、その引き戸を少し開けて首を突っ込み、なかの様子を窺った。

それから勘兵衛に小声で告げた。

「大丈夫なようだ」

「よし入ろう」

菅笠を被ったまま勘兵衛が先に入り、続いて文左が入った。

一階の入れ込み土間席は半ばくらい、奥の小上がりは、ほぼ満席のようだ。

入ってすぐ左に上がり框《かまち》があり、そこから二階に階段が続いている。

勘兵衛は階段脇の、小座布団を乗せた酒樽に引き戸のほうを向いて腰かけ、向かいの席には文左が座った。

ほぼ正方形の飯台が置かれた、二人席である。

これでもう、奥から顔を見られる心配もないので菅笠を取った。

このあたり、勘兵衛にはつらいところがある。

少年のころ、さんざんに無茶をしでかして、城下の名物となった〈無茶の勘兵衛〉の顔は売れている。

先ほど、文左に物見《ものみ》をさせたのも、客のうちに、明らかに勘兵衛の顔を見知っている者がいるかどうかを確かめさせたのであった。

前垂れをした小女がやってきて、注文をとっていった。

先ほど見たかぎりでは、雇いの小女を三人ばかり置いている。

奥の小上がりに、三つ輪髷の女が見受けられたが、それが女将であろうと勘兵衛は目星をつけていた。

三つ輪髷は、この大野ではほとんど見かけない。江戸では、下町の粋筋が結う髪型であった。

「よく繁盛《はや》っているようだな」

文左が言った。

「うむ、それも御家中ばかりだ」

「商人も職人も、まだ仕事中だ。くるにしても時間が早い」

文左は、そう言ったが、それだけではあるまいと勘兵衛は思っている。

「見知った顔は、おるか」

「話をしたことはないがな」

「どこの勤めだ」

「郡方はおらぬな。賄い所の小役人や足軽の組頭、あとはわからん」

やがて酒と料理がきたが、どうにも話は弾まない。

「もう少し、つきあってくれ。このあとは［大吉］に席を移そう。そこで存分にな」

「わかった」

「ところで気になっておったのだが、西潟代官所におった佐治《さじ》……、いや広畑彦六《ひろはたひころく》か。あやつはどういうことになったか知らんか」

馬廻り組の次男であった佐治彦六は、勘兵衛より五つほど年長であったが、幼少のころから、さんざ勘兵衛に悪さをする男であった。

それが西潟代官所に勤める広畑家の養子となって、米不正に大きく関わっていたのである。

つい先ほどに広瀬の話を聞いて、気になりだしたのだ。

「ああ、あいつなら召し放ちですんだ」

「そうか」

死罪は免れたと聞いて、勘兵衛は安堵した。

盃を口に運んでいた文左の手が止まった。

ちょいと、呆けたような顔になっている。

後ろから、足音が近づいてきた。

勘兵衛は素知らぬ顔で、銚釐《ちろり》から自分の盃に酒を注いだ。

「ようこそ、おいでくださいました。こちらへは、お初でござんすね」

江戸ことばで挨拶があった。

「う、うむ。ちょいと通りがかってな」

文左が答えている。

「そうですか。わたしは女将のおぎんといいます。決して粗末には扱いませんので、これからも、ちょくちょく足をお運びくださいませ」

言いながら文左の銚釐を取り、

「まずは、ご挨拶がわりに、お酌をさせてくださいませ」

「うむ。すまぬな」

文左の盃を満たしたあと、

「こちらさまもどうぞ」

勘兵衛も盃の酒を一口飲んだあと、酌を受けた。

(こやつか……)

おぎんは二十二、三の年増《としま》で、たいそうな美形であった。

文左が呆けたような顔になったのも、無理はない。

「よろしければ、お名と仕事をお教え願いますか」

これにも文左が答えた。

「わたしは郷方の中村《なかむら》という。こっちは同僚の松田《まつだ》だ」

打ち合わせどおり、勘兵衛の名は出さなかった。

「中村さまに、松田さま。しっかり覚えておきますので、どうかご贔屓《ひいき》に」

艶のある声で挨拶をして、

「どうぞ、ごゆっくり」

去っていった。

「いやあ、驚いた。たいした色香だ」

「まことに……」

それにしても、あっさり引き上げたものだな、と勘兵衛は思いながら相槌を打つ。

しばらく四方山《よもやま》話《ばなし》をしながら、料理を食い酒を飲んだ。

「美人の女将は、どうしておる」

「あちこちの席を飛びまわっているよ」

だが、再び勘兵衛の席へはやってこない。

（やはりな）

郷方の役人と知って、役に立つ情報源にはならない客、と踏んだのであろう。

「そろそろ、河岸を変えるか」

「そうしよう」

［大吉］に移れば、忌憚《きたん》なく文左と語り合える。

4

快く酔って帰宅した勘兵衛を、父が待っていた。

いつもなら、すでに床についている時間であった。

「なにか、ございましたか」

「うむ。実は夕刻前に室田がきてな。おかしなことを言うて帰った」

「ははあ」

「今夜、おまえが中村文左に会うことは聞いておったので、よほど八次郎におまえを探させようかとも思うたが、さほどに切迫したことでもあるまいと考えて、おまえを待っておったのだ」

「それは、申し訳ありませんでした。で？」

「うむ。貫右衛門の弟の小左衛門と徒目付の高田が、きのうから［越後屋］の見張りについているのは聞いておろう」

「はい。向かいの［分銅屋］の二階からでしたな」

「うむ。見張りにかかって、すぐのことらしいが白山御師が［越後屋］に入ったらしい。それだけなら、どうということもないのだが、きょうもまた同じことがあったらしい」

「なんですと」

「奇妙じゃろう」

すでに勘兵衛は斧次郎の口から、比丘尼町の商人宿［さらしな屋］に連泊している白山御師のことは聞いている。

だが父の孫兵衛は、そんなことは知らない。

奇妙というのは、別の意味であった。

「同じ店に、二度もとなると、たしかに奇妙でございますな」

「小左衛門も、それを奇妙と感じて貫右衛門に知らせ、それで貫右衛門はおまえに知らせにやってきたのだ」

というのも、石徹白《いとしろ》からやってくる白山御師は、旦那場と呼ぶ信者の商家をまわって、お札や薬草を配る。

それゆえに、二日や三日ではすまないのである。

だから、同じ店に二度も顔を出すということはない。

それに、毎年この大野には三月から四月にかけてやってくるが、もう五月に入っていた。

その点も、また怪しい。

斧次郎は、一日をかけて白山御師を尾行して、特に怪しい点はないと判断したらしいが……。

(連絡係だな)

勘兵衛には、そう思われた。

「明日にも、しかるべく手を打ってまいります。遅くまでお待ち願って申し訳ございません」

「なんの。それより、まだ酒は入るか」

「は？」

「いや。明日は非番だしな。よければ寝酒をつきあわんか」

「喜んで、おつきあいいたしましょう」

また、酒になった。

父と子が、互いに酒を酌み交わす。

孫兵衛が言った。

「ところで、あすは端午の節句だ」

「そうでございましたな」

勤番武士は、休みというわけにはいかないが、町家では遊びの日で、たいがいの商店は休みとなる。

「で、どうだ」

孫兵衛が探るような声音になった。

「どう、と申しますと」

「えい、察しの悪いやつだ。孫の顔は見られそうかの」

「ははぁ」

そういうことか、と勘兵衛は苦笑して、

「まだ、その兆候は見えませぬが」

「そうか。いや、梨紗のやつが、聞いてくれろとうるさいものでな」

言い訳がましく言う孫兵衛であった。


翌日のことである。

白山御師の一件で連絡《つなぎ》をつけるのに、八次郎を使いに出そうかとも考えた勘兵衛だが、

「もし俺が戻らないうちに斧次郎がきたなら、先ほど話したように、白山御師が連絡係かもしれない、と伝えるのだぞ」

と八次郎に命じて、勘兵衛は屋敷を出た。

自分で春日町の油蔵に出向き、留守なら菅笠をぶら下げてくるつもりであった。

というのも、ほかに立ち寄る心づもりがあった。

鷹匠町の室田貫右衛門の屋敷に立ち寄り、姉の詩織に会おうと思い立ったのだ。

姉には、昨年の帰郷の祝宴や仮祝言の席でも顔を合わせたが、ついにゆっくりと話をする機会には恵まれなかった。

貫右衛門と詩織の間には、無茶丸《むちゃまる》と名づけられた四歳の男児がいる。

昨夜、父から出た、孫ということばが勘兵衛を勃然とその気にさせた。

無茶丸は、父母にとっては外孫で、勘兵衛にとっても甥っ子にあたる。

折しも、きょうは端午の節句であった。

玩具や粽《ちまき》などを土産に、せめて叔父らしいことをしてやりたい。

そう思ったのである。

昨日と同じく二の横町、大鋸町通り、横町通りと続く道筋を東に向けて歩く。

五番町通りを流れる背割水路を橋で渡り、道が鍵の手に曲がるところを抜けると、横町通りに入る。

突き当たりを右へ、また突き当たりを左へと横町通りに入るなり、

「おっ!」

勘兵衛は思わず立ち止まった。

比丘尼町の角から出てきた人影に、目を奪われたのだ。

白張《しらはり》の衣服に〈正一位白山大明神〉と書かれた幟を持ち……。

(なんと……)

白山御師ではないか。

菅笠をかぶり、右肩にかついだ幟をひらひらさせながら、白衣白脚絆姿の男が背を向けて、前方を行く。

その方向だと、後寺町、あるいは春日町を経て美濃への道。ないではないが、商店は少ない。

（どこへ向かうつもりだ）

およそ一町（一〇〇メートル）の間を置いて、勘兵衛は男のあとをついていった。

御師は、後寺町には入らなかった。

となると、突き当たりを右に曲がるしかない。

見失ってはならないので、勘兵衛は少し御師との間を詰めた。

城下町も城の防備の一貫だから、鍵の手の道同様に主要な道筋は、遠くを見通せないような工夫が施されている。これを〈遠見遮断〉という。

曲がったあたりは木本口《このもとぐち》だ。

道なりに進めば美濃街道で、まずは木本村に向かうのだ。

まばらにある茶屋や小店も過ぎ、春日神社の参道前も過ぎ、［松田屋］の油蔵も過ぎて、御師の背が遠ざかる。

（大野を去るのか？）

油蔵の前で勘兵衛は、そうも考えたが、

(いや、いや。やはりしばらくは、つけてみるものだぞ)

思い直した。

5

木本村への道は、まばらながら通行がある。

荷車も通れば馬も通る。鍬《くゎ》をかついだ百姓や旅人の姿もあった。

だが、武士の姿はあまり見かけない。

残念ながら勘兵衛に旅装の支度はない。

つれづれの遠出を装うしかなかった。

御師に怪しまれないよう、かなりの間隔を開けた。

街道の両側に広がる田圃には、すでに水が張られたところもあって、そろそろ田植えの準備が調いつつある。

百姓の働く姿が見えないのは、きょうが端午の節句で、まる一日が休みのためだろう。

代わりに、ところどころの草原では子どもたちの遊ぶ姿が目立つ。

すでに二里ばかりは、きたであろうか。

行く手には峨峨たる山並みが望め、左右からもまた山が迫る。山峡の街道であった。

「お！」

ふいに、前方の御師が立ち止まった。

とっさに勘兵衛は、傍らの樹木に身を寄せて、御師からの視界を遮った。

御師は、じっと右手、西方を窺っている。

それから前後を窺ったのち、街道を捨てて小径に入っていった。

（はて、どこへ）

樹木の陰から出た勘兵衛が、白い幟をたなびかせて進む御師の行方《いくかた》を眺めると、先のほうに、こんもりした杜《もり》と鳥居が見える。

このあたりの鎮守らしい。

勘兵衛は、やや足を速めて御師が入った小径のところまできたが、その小径は田圃のなかをまっすぐに、鳥居へと進む一本道であった。

身を隠すところもなく、そこに入れば、容易に尾行に気づかれそうだった。

そこで素早く地形を読むと、もう少し先に鎮守の杜をかすめるように、集落へと延びる細道があった。

(おそらくは、鳥居にいたる横道もあろう)

勘兵衛は、そちらから入ることにした。

その間にも御師は、鳥居をくぐり鎮守の杜へと消えていた。

小径を進みながら、勘兵衛は考える。

(だいたいに、鎮守の杜というのは……)

こんもりとした森があり、その一端に鳥居がある。

鳥居をくぐると森のなかに参道があり、その行き当たりに境内と本殿がある、というのが一般的だ。

そして本殿の背部は、森に包まれている。

つまりは鎮守のご神体は、神奈備《かむなび》という神が鎮座する森自体なのだ。

(ならば……)

いずれ御師は、あの鳥居をくぐって出てくるほかはない。

そこで勘兵衛は、目についた道具小屋に身をひそめて、やがては出てくるであろう御師を待つことにした。

待つほどもなく、鳥居から人影が出てきた。

しかし白張《しらはり》の衣服ではなく、若草色の小袖姿の男であった。

（お……）

だが、勘兵衛の目はごまかせなかった。

衣装は変えたが、足元から白脚絆が覗いている。

白い幟は消えているが、鎮守の杜に隠してきたのであろう。

なにより近隣の百姓かなにかを装いながら、菅笠をつけているのが不自然であった。

御師が化けたものだと確信した。

（なにをする気だ）

勘兵衛が息を殺して窺っていると、男は前後左右に注意を払いながら杜に沿って、集落のほうに近づいてくる。

そして、ひらりと杜を囲う石垣に飛び上がった。驚くほどの身の軽さだ。

（やはり、忍者のたぐいか……）

それからの行動が、不審であった。

男は、楠の根方に腰を下ろし、そのままじっと動かなくなった。

（異なることを……）

目的が、さっぱりわからない。

見当がついたのは、若草色の小袖が杜の若葉と混じりあい、目を凝らしていても、ともすれば男の姿がかき消えてしまうことだ。

（あれも、隠遁の術の一種か）

斜め前方を見つめながら、時間だけが過ぎていく。

集落のほうから人影が湧いた。

遠目だが、老爺のようだ。

とぼとぼとした足どりで、鎮守の杜への横道に入った。

「…………」

勘兵衛に、なにやら、よからぬ予感がよぎった。

老爺から男のほうに目を転じたが、姿を見失っていた。視線を上げて楠を確かめ、心覚えの根方を見た。

そのとき、目の端に異変を感じた。

思わず老爺を見る。

地に這っていた。

「おっ！」

訳はわからなかったが、勘兵衛は思わず道具小屋の陰から飛び出し、走りだした。

視線の先で、石垣から菅笠の男が飛び降りた。勘兵衛の出現に気づいたのだ。

脱兎のように逃げていく。

とても追いつけるものではない。いや、勘兵衛には、もとより追うつもりはなかった。

倒れた老爺に駆け寄った。

「これ、どうした、しっかりいたせ！」

声をかけたが、老爺は口と目を見開いたまま、激しく痙攣をしている。声も出なければ、腕ひとつ動かせないようだ。

「む……！」

首筋の異物に気づいた。

（吹き矢か）

円錐形の和紙が、二つ首筋に貼りついている。

ひとつを抜いた。

初めて見るが、まちがいなく吹き矢だ。

思わず賊がひそんでいたあたりを見る。

十五間（約二八メートル）以上は、離れていよう。

（それだけの距離を……）

あやまたず、二本も首筋に打ち込んだ技量に勘兵衛は舌を巻いた。

跪《ひざまず》いたまま首を巡らせたが、あの男の姿はかき消えていた。

あるいは、どこかにひそんで、勘兵衛の様子を探っているのかもしれない。

勘兵衛は懐から懐紙を取り出し、吹き矢を二本とも挟んで、再び懐に戻した。

老爺は、まだ痙攣を続けている。

「おい。人を呼んでくるからな。心を強く持て」

勘兵衛は言い残し、集落に向かった。

だが、最初に見つけた百姓を連れてきたときには、もう事切れていた。

集落は騒然となった。

密謀の夜

1

その日も午後になって、一人の百姓が大野城下の侍町に入った。

継ぎ当てのあたった野良着を着て、大きな背負《しょ》い籠を背にしている。

頬被《ほほかぶ》りの上から破れ笠をつけ、足元は素足に草鞋がけ、実はこれ、身を窶《やつ》した落合勘兵衛であった。

尾行がないのを確かめたのち、清水町の屋敷玄関を入って、まずは軒下を見た。

これが、このところ勘兵衛の習慣になっている。

（まだまだだな……）

燕の巣作りは、まだ形にさえなっていない。

ふと、庭のほうから人声が届いた。

八次郎の声のようだ。

それで勘兵衛が玄関横から庭を覗くと、縁側で父の孫兵衛と八次郎が、将棋に興じていた。

思わず微笑んでから、勘兵衛は枝折《しお》り戸を押して庭に足を運んだ。

「やっ!」

人影に気づいた八次郎が、声を出す。

「怪しい者ではない。俺だ」

言って勘兵衛は、破れ笠を取り、頬被りもとった。

「や、これは旦那さま。いったい……、なにゆえ、そのようなお姿を……」

頭のてっぺんから出るような声を出して、八次郎が庭下駄をつっかけて走り寄った。

「まあ、話はあとだ。八次郎、すまぬがすぐに、斧次郎に連絡《つなぎ》をとってくれ」

「あれ、それなら旦那さまが……」

「いや、事情あって、まだなのだ」

「さようでございますか。はい。では、さっそくに行ってまいります」

八次郎は縁側を上がり、孫兵衛に一礼したのち姿を消した。

「どうした勘兵衛」

孫兵衛が尋ねてくるのに、

「はい。どうにも奇妙なものを見てしまいました。お話をする前に、ちょいと着替えをさせていただきます」

「あいわかった」

勘兵衛は背負い籠を下ろす。

そのなかに、勘兵衛の両刀に衣服などが納められている。

御師が村人を吹き矢で襲ったのは、木本村の榎という集落であった。

勘兵衛は、敢えて自分の目撃談はせずに、たまたま通りがかりに老人が倒れているのを見つけた、という体《てい》にして一刻ばかり榎にとどまった。

それから百姓姿に身を窶《やつ》して戻ってきたのは、ほかでもない。

あの吹き矢を操る男から、身を守るためであった。

（おそらくは、吹き矢の針に毒でも塗られていたのであろうが……）

瞬時で倒れて身体の自由がきかず、痙攣している老爺を目《ま》のあたりにした勘兵衛にとっては、吹き矢は大いなる脅威であったのだ。

2

八次郎の使いで斧次郎がやってきて、勘兵衛の話を聞いて戻ったのち、再び斧次郎がやってきた。

「お頭がお会いしたいと申しております。今宵の五ツ（午後八時）に隠れ家に、お一人でお越しくださいますか」

「承知した」

ということになって、勘兵衛は八次郎を屋敷に残し、春日町の油蔵に向かった。

寮では、服部源次右衛門が一人待っていた。

「あの御師が、賊の仲間とは思いもよらぬことであった。まことに面目ない」

まず源次右衛門が言って続けた。

「さっそく［さらしな屋］をあたったところ、昼前に御師は、若草色の小袖で戻ってきて、あたふたと宿を発ったそうだ」

ということであれば、勘兵衛に殺人の現場を目撃されたあと、まっすぐ［さらしな屋］に逃げ帰ったことになる。

「そうですか。尾行に気づかれたとは思えませんが、もしかして、まずいことをしましたかな」

勘兵衛が言ったのは、大野城下に入り込んでいる賊を、秘かに見張っている存在がある、と賊に気づかせたのではないか、という危惧であった。

「いや、その心配はないでしょう。榎集落での殺人を武家に目撃されて、焦っただけにございましょう」

「そうでしょうか」

「はい。忠八に榎の鎮守を探らせましたところ、白張《しらはり》装束と幟が、樹木の陰に隠されておりました。つまりは、回収の暇もなく逃げ帰ったということです。もし榎の集落に役人の調べが入れば、ほどなく白張装束も発見されましょうほどに、もはや［さらしな屋］に、留まってはおれないことになります」

「なるほど……」

源次右衛門の論理的な絵解きに、勘兵衛は納得するとともに、安堵もした。

「ところで、その吹き矢をお見せくださいますか」

「はい」

勘兵衛は懐から懐紙を出し、広げて源次右衛門に手渡した。

「これですか」

しげしげと眺めたあと、ひとつを指につまんで源次右衛門が子細に眺めている。

「………」

それから鼻に近づけて、匂いを嗅いだ。

次には、針の部分をぺろりと舐めた。

「ふうむ」

「………」

「やはり毒針ですな。さよう、シノスルクと呼ばれる矢毒のようだ」

「シノスルク……？」

「附子《ぶす》の根を、熱を加えず乾燥させて粉末にし、それをやはり附子の葉や茎を煮詰めた汁で練った神経毒です。蝦夷《えぞ》に住む蛮族が矢毒として使う、熊をも斃《たお》す猛毒と聞きます。それが蛮族のことばでシノスルクと申す」

「ははあ」

そういえば、と勘兵衛は思い出す。

〈附子〉という狂言があった。

風が吹いても死ぬ、といわれるほどの強い毒を題材にした、笑いを呼ぶ狂言である。

「伊賀忍者に伝わる秘伝書に記述はあるが、詳しい調合法までは記されておらぬ。ただ、舐めてみたところでは、附子根《ぶすこん》独特の鹹《から》さがあって、少少舌先が痺れてござる。おそらくこれがシノスルクでござろう」

源次右衛門の言う、この附子の根は、さして珍しいものではない。

トリカブトの根、といったほうが通りが良かろうか。

ちなみに附子は生薬に使われるときは〈ブシ〉と読み、毒として使うときには〈ブス〉となる。

さらに源次右衛門が言う。

「このような毒を、しかも吹き矢を使うとなれば、相手は忍びの者と考えねばならぬ。越後高田というと、越後の上杉謙信が用いていたという軒猿、おそらくはその一統であろうな」

「軒猿……」

「うむ。越後は、よほどに蝦夷地に近い。シノスルクの調合法も伝わっていたかもしれぬな」

そうかもしれない、と勘兵衛も思った。

「しかし、まあ、なにゆえに吹き矢で百姓を殺《あや》めたのでしょうか」

ある程度の推量はついていたが、勘兵衛は源次右衛門に尋ねた。

源次右衛門の見解を聞きたかったのだ。

「試し、であろうな」

「やはり、試しですか」

「さよう。附子の根の毒というは、生《なま》のほうが強いのだ。詮《せん》ずるところ、新たに根を掘り出して毒を作った。その効き目のほどを試したかったのであろう」

そこまでの知識はなかったが、勘兵衛もまた、あの御師は毒の効き目を試したのだろうと考えていた。

もちろん、狙いは若君であろう。

すると次に湧く疑問は、いつ、どこで、どのように仕掛けるかであった。

「相手が、その軒猿として、二の丸屋敷に秘かに侵入、ということは考えられましょうか」

勘兵衛が尋ねると源次右衛門は、

「フフ……」

小さく含み笑ってから答えた。

「軒猿は知らず、我ならば本丸にまでも忍び込めるであろうな」

「ほう」

自信満満の答に、勘兵衛は目を剝いた。

「ただし、昼日中は無理じゃ。夜陰にまぎれてならな」

ところで、この源次右衛門の自信は、断じて大言壮語ではない。

これより二十一年後の元禄十年、松平直明に作州津山城請取《うけとり》の幕命が下ったとき、服部源次右衛門（喜十）は、津山城に忍び込んで、事前に情勢を探っている。

それはともかく、源次右衛門が言う。

「ま、忍び込んだとて、若君の顔の見分けまではつくまいよ。されば、予防の策も多多あろう。問題は遊行などの外出の折だ。そういった若君の予定はご存じかな」

「いや、いまだ……」

これは手抜かりであった、と勘兵衛も感じた。

「あすにも、伊波家老に会ってまいります」

「うむ。くれぐれも、油断召されぬよう状況をお伝えしてくれ。我らは、ぜひにも御師の行方を突き止めたい。ときに勘兵衛どのは、御師の顔をごらんになったか」

「いえ、残念ながら後ろ姿しか……」

「ふむ、すると斧次郎だけか」

「斧次郎どのは、知ってござるか」

「うむ。一日、つけまわしたからのう。おおかたの特徴は、我らも聞いてござる。おそらく［越後屋］か、勘兵衛どのが知らせてくれた［梅むら］かに潜り込んだのであろうが、なんとしても突き止め申す」

決然と言う源次右衛門であった。

3

次の日、勘兵衛は登城して二の丸屋敷で伊波利三と会見した。

勘兵衛が、あらかたの話を終えるのに長い時間が必要だったが、利三は必要不可欠な質問にとどめて、勘兵衛の話に耳を傾けた。

だが、昨日の毒吹き矢の件に話が及ぶや、その美貌に緊張が走った。

「それは容易ならぬことだ。さっそくにも警護の数を増やさねばならぬが……」

しばし考え込んだのち、

「よし。若君の寝所も変えねばならぬな」

「安全な場所があるのか」

「うむ。屋敷の外周に巡らせた多聞櫓《たもんやぐら》があるだろう。今は物置として使っておるが」

城の櫓は武器庫にも使われ、厚い土壁で覆われている。

「土蔵のようなものだな。おい、まさか」

「その、まさかだ。櫓ならば、天井裏から狙われるということもない。若君と宿直《とのい》の者を入れてお寝《やす》みを願い、入口を不寝番でかためれば万全だ」

「それは万全だろうが、そのようなところに……。どう若君を説得するのだ」

「それは、これから七之丞とも相談して決める。なあに、若君を乗せてしまえばすむことよ。お国入りのときのようにな」

今回の国入りに際して、行列の駕籠には乗らず、勘兵衛との道中で国入りしたのも、利三と七之丞の知恵であった。

「ふむ、そのあたりは、付家老のおまえと、小姓組頭の七之丞にまかせよう。我らは、おかしなのが城に忍び込まぬよう、手を尽くそう」

「うむ。頼んだぞ」

「ところで、若君が城に入られて、もう十日以上になるが、退屈などなされてはおらぬか」

と、勘兵衛が尋ねると、

「うむ。今のところは、おとなしくなされておるようじゃ。つねづね、お父君の見舞いでございますからな、と釘も刺しておる」

伊波が、苦笑いしながら言った。

「すると、近ぢかには城を出る予定はないのだな」

「今のところはない。せいぜいが二の丸曲輪《くるわ》内で、ご幼少のころに過ごされた松田屋敷に入って昔を懐かしまれたり、近ごろは蓮見亭《れんけんてい》がお気に入りのようで、そこで過ごされることが多い」

「む……。その蓮見亭というのは」

「俺も知らなかったのだが、五年ばかり前に、大殿さまをお慰めしようと、この二の丸曲輪に新築されたものでな。ほれ、ここへくる途中に、池に蓮の花が美しく咲いておったのを見なかったか」

「ああ、見た。はて、このようなところに蓮池があったかと思うたが、なるほど、あの傍らの建物がそうか」

「それだ、南を開け放てば飯降山を遠望でき、北を開け放てば繚乱の蓮池を望めることができる。よく風も通って若君のお気に入りの場所だ」

「それは重畳」

まちがえても、陽のあるうちの襲撃はあるまいと、勘兵衛は考えている。利三の言うとおり、寝所を多聞櫓に移したならば、この二の丸曲輪に留まるかぎりは安全であろうと思われた。

そんな折――。

襖の外で、若君の声が聞こえた。

「勘兵衛がきておると聞いたが、まことか」

「は。お見えになっております。ただいまは伊波家老とお話し中でございます」

と、これは七之丞の声だ。

「どこにおる。伊波の部屋か」

伊波が苦笑しながら勘兵衛にうなずいたので、勘兵衛は立ち上がって襖を開いた。

「こちらにございます」

言うと、直明は笑顔になって、

「やあ、きたならきたで、なにゆえに知らせぬ。水臭いではないか」

「いや、のちほどにご挨拶のつもりでございました。お許しを」

「まあ、よいわ。ところで勘兵衛、なにかおもしろきことはないかのう」

「大殿さま、病篤《びょうとく》の砌《みぎり》、いささか不謹慎でございましょう」

と勘兵衛は、ぴしゃりと言うと、

「なんだ、おまえまで伊波のように堅苦しいことを言うのか。無茶の勘兵衛なら、もう少し無茶を言うてくれるかと思うたに」

「恐縮です」

「ふむ。仕方ないのう。そうじゃ勘兵衛、きたる半夏生《はんげしょう》の日には、蓮見亭まで遊びにこぬか」

「ははあ、半夏生《はげっしゅ》でございますか。その日に蓮見亭で、なにがございますのか」

半夏生は夏至から数えて十一日目、この日は天から毒気が降り、地が陰毒を含んで毒草を生じる、との伝えがあって、いっさいの野菜は禁忌となる。

大野弁では「はげっしゅ」といい、この日は焼き鯖《さば》を食べる習慣があった。

直明が言う。

「知れたこと、半夏生《はげっしゅ》といえば焼き鯖であろうが。江戸では、とんと食する機会もないが、せっかくこうして国帰りをしたのじゃ。蛍の見物も兼ねて、みんなでわいわい、焼き鯖をかじるのじゃ」

「ははあ、そのような目論見《もくろみ》がございますので」

「そうじゃ。賄い方にも申しつけて、六月三日には、極上の焼き鯖を揃えるように申しつけておる。そなたもこい」

思えば直明が、この大野で暮らしたのは十二歳の春までであった。

半夏生の焼き鯖は、まことに懐かしい思い出であったろう。

「は、ではお誘いのほど、喜んでお受けいたします」

勘兵衛が答えると、

「うむ。そうこなければ埒《らち》もない」

直明が上機嫌に答えたが、

(はて、こりゃ、八次郎の影響か)

首をすくめたい思いであった。

4

それから四日が過ぎた五月十日も五ツ（午後八時）になろうというころ——。

どんよりと雲が天を覆い、星影ひとつ見えない夜である。

だが、こおろぎ町は、今宵も紅灯さんざめく歓楽街であった。

そんななか、大戸を閉《た》てたまま開店をしない店があった。［梅むら］である。

店前に一人の男が佇んでいた。

やがて東方から、脇差一本をさした菅笠姿の武士が現われた。

沈黙のまま大戸の潜り戸を開いた男には目もくれず、武士は身体をかがめて「梅むら」に入った。

縣茂右衛門である。

茂右衛門は階段を上り、

「入るぞ」

座敷の外から声をかけ、うっそりと座敷に入った。

「よう、こられた」

待ち受けていたのは「越後屋」の文五郎である。

「で、今宵は、どのような用だ」

尋ねた茂右衛門に、

「まずは一献」

文五郎が銚釐を差し出した。

「む……」

茂右衛門は食膳から大ぶりな酒茶碗を取り上げ、なみなみと注がれた酒を、ぐびりぐびりと飲み干した。

　空になった酒茶碗に、再び酒を注ぎ込みながら文五郎が言う。

「いよいよ、一仕事していただく時期がまいりましたよ」

「ふむ」

　満たされた酒茶碗を握ったまま茂右衛門は唇を引き締め、酒茶碗を膳に置いた。

「さて……」

　文五郎は、傍らの風呂敷包みを引き寄せると、四つ折にした紙片を一枚、また一枚と畳の上に重ねて見せた。

「それは、なんだ」

「ご一家の、往来手形でございますよ」

「ふうむ。しかし十一枚、あったに見えたが」

　茂右衛門の家族は、年端もいかぬ姪孫《てつそん》(甥や姪の子供)や、おきぬや、下男の留三も加えると九人なのである。

「ま、それは、のちほどのことといたしまして、茂右衛門さまご一家には、まずは江戸へ出ていただきます」

「ふむ、江戸へか」

「行き先は、我が親店の［越後屋］でございますよ。あとは、かねてのお約束のとおり、江戸の親店が、あなたさま方を越後高田の江戸屋敷へとご案内する手筈にて、お従兄《いとこ》の縣嘉一郎さまの元へと、すべて段取りはついてございます」

「そうなのか」

ぶすっとしていた茂右衛門の表情に、喜色が浮かんだ。

「さて……」

次に文五郎は、いかにも重そうな頭陀袋《ずだぶくろ》を、ずるずると畳に引きずると、なかから次つぎと切り餅を取り出しては往来手形の横に並べていった。

「こ、これは……」

茂右衛門が瞠目したのも無理はない。

並べられた切り餅は、ぜんぶで十個、実に二百五十両もの大金である。

「江戸までの旅の費用《かかり》でございますよ。小判だと不便がございましょうから、使いやすいように一分銀にいたしましたよ」

「ふむ。して、俺はなにをすればよいのだ」

「はい。縣さまは、この大野藩預かりとなっている宮崎《みやざき》兄弟のことは、ご存じでしょうな」

「はて……」

なにしろ、この十五年間、ほとんど御家中との交際を絶っていた茂右衛門である。ちらりと耳にしたことはあったろうが、詳しいことは知らないに等しい。

「ハハ……、そこまでいけば、いっそ見事ですな。では、ちょいと説明をして差し上げましょう」

宮崎兄弟というのは、旗本で信州代官の職にあった宮崎三左衛門《さんざえもん》の子息である。

過ぐる日、宮崎代官が治める村村では百姓たちが、婚姻の際に御法度《ごはっと》の裃《かみしも》をつけることが常態化していた。

それを幕府が知るところとなったとき、すでに三左衛門は死去していたが、三左衛門の長子には流罪、次男と三男には大野藩お預けの処断が下された。

当時の罰則は、連帯責任が基本である。

それが八年前、寛文九年（一六六九）の十月のことであった。

当時十歳であった次男の小三郎《こさぶろう》は、今や十八歳、三男の助六郎《すけろくろう》は十六歳に育っている。

「その宮崎兄弟は最勝寺《さいしょうじ》裏にある、国家老の下屋敷の離れに軟禁されておるのですが……」

文五郎は言って、じっと茂右衛門を見つめた。

「どうせよ、と言われる」

「連れ出して、逃がしてやるのですよ」

「はて……」

茂右衛門は首を傾げる。

「いったい、どういうわけだ」

「わけなど、知らぬでよろしい。すでに、御膳立てはできております」

「と、いうと……」

「宮崎兄弟は、その気満満。斉藤家老下屋敷の下男で三吉《さんきち》という者が、手引きも引き受けておりますゆえ、簡単な仕事でございましょう」

「いや、簡単とは言うが、逃がしてやると言うてもなあ」

このとき茂右衛門の内側では、こんな思いが湧いていた。

(大名お預けの罪人が逃げれば、ただではすまぬ。あの憎っくき斉藤に一泡吹かせることができような)

文五郎は言う。

「兄弟を下屋敷から連れ出し、縣さまの屋敷に入れて匿う。まさか縣さまの仕業とはわからず、追っ手は街道筋に散らばりましょう」

「ふうむ」

「ころ合いを見て、領外に逃がしてやればすむこと。もちろんご一緒に、茂右衛門さまがたも、そのまま逐電なされてもかまいませぬがな」

文五郎は煙草盆から取った長煙管の先で、切餅のひとつをコンコンと叩き、この切餅ひとつが宮崎兄弟の逃亡資金で、あとのことは兄弟の勝手次第だ、と言った。

「領外に出るには、番所を通らねばならぬ。そううまくいくだろうか」

予想だにしなかった仕事を迫られて、茂右衛門は血が騒いだのとは裏腹に、事の成否をはかっていた。

「なに、宮崎兄弟の顔など、たいがいの者が知りませんよ、この往来手形は、そのためのもの。手形に書かれた偽名を使い、商人にでも化ければ、口留番所を通過するくらいは簡単なこと」

「ううむ……」

それでも茂右衛門、唸っている。

「まだ、ご心配ですか。では、これを」

文五郎は、懐から絵図を出して広げた。

「これは、花山番所を通らずに、計石村へ出る抜け道を記したもの」

「ほほう」

「とにかく失敗は許されませぬ。万一にも縣さまが捕らえられれば、迷惑を蒙るのはわたしでございますからな。抜け道を使おうと、どのような方法にても、必ずや無事に逐電していただかなくては、わたしどもが困ります」

「ふむ。それはそうじゃなあ」

わけはわからないままに、縣の声にも力が入ってきた。

「ただし、実行の日時は、指定させていただきます」

「いつだ」

「きょうより二十三日後の六月三日、時刻は八ツ（午後二時）から七ツ（午後四時）の間に、誰にも知られず兄弟を、御屋敷にお匿いくださいますように」

「六月三日……ふむ、半夏生《はげっしゅ》の日か」

「そうです。その日までに、準備万端を整えていただきたい」

「承知した。なれど、ご承知かと思うが、我が家は大所帯なれば、一時期に動けば目立つと思うが……」

「ハハ……、そこに抜かりはございませんぞ。それゆえ、このように、先に往来手形をお渡しするのです」

「と、いうと……」

「勝手ながら、こちらにて絵を描かせていただきましたよ」

文五郎の手が伸び、畳の上の往来手形の束を掬《すく》いとった。

それから、一枚一枚を再び畳の上に重ねながら——。

「まず、おきぬさん。ご次男の余介さん、そしてご長女のトドメさん」

三枚の往来手形を重ねて、文五郎は言った。

「この三人は、穴馬道を使って領外へ。それから妹御の千佐登さんに姪御の小里さん。それに幼児の三人は坂戸峠越えで領外へ」

さらに三枚の往来手形が、隣りに重ねられた。

「分かれて大野を出、落ち合う先は、江戸は神田須田町にある我が親店でございますよ。くれぐれも、手形に書かれた偽名や身分、それをよく頭にたたき込んで、それらしく旅をしていただかねばなりません」

「うむ、うむ。それはごもっとも、いちいち腑に落ちる。ということは、この六人、六月三日がくる前に、江戸に向かわせてよいのじゃな」

「そういうことです。のちほど、お渡ししますが、それぞれに親店宛の書状も用意してございますよ」

「ふむ。では、残るは拙者に、小太郎に留三。この三人にて宮崎兄弟を我が家に匿い……と、残る五通の往来手形は、そのためのものか」

「はい。飲み込めましたか」

「うむ、うむ。そこまで御膳立てを整えてもらえば、なにをか言わんやだ。このとおり、礼を申す。必ずや、やり遂げて見せようぞ」

初めて茂右衛門は、文五郎に頭を下げていた。

5

そのころ勘兵衛は、和泉町の屋敷で松田から届いた書状を読んでいた。

［越後屋］が、江戸は神田須田町にある［越後屋］利八店の出店と聞いて、その虚実や調査を大名飛脚で依頼しておいた返書である。

松田によれば、筋違《すじかい》御門から近い須田町二丁目に、たしかに［越後屋］利八店という呉服屋があること、また同店は特別誂えの生地も引き受ける織り元でもあって、越後高田藩江戸屋敷出入りの商人であること、などが記されていた。

だが、文五郎が、その江戸店の番頭であるかどうかまでは調べきれなかったようだ。

（なるほどな……）

いずれにしても、越後高田藩の息がかかっていることにまちがいはない。

（それにしても……）

勘兵衛は書状をしまうと立ち上がり、庭に面する縁側に出た。

空を見上げたが、月はおろか、星さえも見えない。

だが、そろそろ五ツ半（午後九時）にはなったであろう。

（まだ、評定は終わらぬのか）

実は今夕、例の参勤道中の変更について伊波仙右衛門と塩川益右衛門が連名で建議して、重役方以外にも、勘定奉行や父の孫兵衛も加わり、評定がおこなわれていた。

（思ったより時間がかかる……）

なんとも落ち着かない、勘兵衛なのであった。

「戻ったぞ」

そのとき、玄関から孫兵衛の声が聞こえた。

思わず勘兵衛は、座敷を出て玄関に急いだ。

「おう、勘兵衛」

用人の望月に刀を預けながら、孫兵衛ははずんだ声を出した。

「上上じゃ。安心いたせ」

「そうですか」

「多少は揉めたがな。空駕籠を使うての坂戸峠の上り下り、次には人を乗せての上り下り、さらには騎馬での上り下りと試みて、問題がなければ東郷村経由と認められたぞ」

「それは、ありがとうございます。いや安堵いたしました」

これでひとつ、問題は解決したな、と勘兵衛は思った。

翌朝は薄曇りながら、汗ばむほどの暑さであった。いよいよ入梅も近づいている。

勘兵衛が庭に出て、日課の剣の素振りをしていると、

「若さま、例の音吉がきております」

望月が知らせてきた。

斧次郎のことである。

(こんなに早朝に……。なにごとかあったか)

勘兵衛は剣を鞘に収めながら、

「八次郎」

「はい」

「庭先からこちらへな、案内をせよ」

「承知いたしました」

八次郎は玄関へ出て、斧次郎を直接に庭へ連れてきた。

相変わらずの商家の手代姿で斧次郎が、

「このような早朝から申し訳ございませんが、昨夜、ちょいと奇妙なことがありましてね」

「なにがあった」

「実は、例の［梅むら］が休み札を貼って、店を閉じておりましたが、日暮れも過ぎて［越後屋］の主人が入っていきました」

「ほう」

「さらには［越後屋］の番頭が店前を見張り、夜の五ツ（午後八時）ごろに、お武家が一人、店へと入っていきました」

「ほう、それは……。もしや、あの御師が侍に化けたものではないか」

「いえ、菅笠で顔は見えませんでしたが、背の丈がちがいます」

「そうか」

ならば何者であろうかと、勘兵衛は思う。

「かれこれ一刻ばかりはおりましたでしょうか。お武家が出てまいりましたので、あとをつけましたところ、戻った先はお堀内《ほりうち》、城山の北側急斜面にへばりつくように建つ武家屋敷でございました」

「ふむ。北山町であろうな。いや、しかし我が家中の者が……」

[越後屋]とつるんでおるのか、と勘兵衛は緊張した。

北山町のうちでも堀内は、じくじくとした湿気の多い土地柄で、手前のほうには武家屋敷もあるが、奥のほうは、足軽屋敷が長長と建ち並ぶところであった。

「夜のこととて、人通りもなく、その屋敷の主はわからずじまいになっております」

「わかった。俺が調べよう」

北山町堀内へは後水落《うしろみずおち》から、水落門への橋で堀を渡るか、城山の裏側を大回りするしかない土地であった。

勘兵衛は、水落門への橋に斧次郎を先行させることにした。これは斧次郎と同行する姿を見られないための用心である。

勘兵衛は、しばらく間をおいてから屋敷を出た。

後水落は、美濃街道の道筋でもある水落町の西側にあたる。

その後水落の堀端の道にしゃがんでいた棒手振《ぼてふり》商人が、ちらりと勘兵衛を見た。

（む……）

「お」

なんと喜十である。

（そうか……）

すでに、謎の武士の見張りに入っているのだ。

視線だけを交わして勘兵衛は、無言で通り過ぎた。

後水落から西が北山町と呼ばれ、そこには中村文左が住む郷方の組屋敷が続く。

そのあたりから西へと、城堀を渡る橋の手前に斧次郎はいた。

斧次郎が言う。

「この橋を渡ると、番所がございますな」

「うむ。三ノ丸へ通じる水落門の番所だ」

「番所前に広場がございまして、そこから西に坂道が続いておりやす。例の屋敷は、そこから二軒め、目印に門の横に黒い小石を置いておきました」

「わかった。しばらく待て」

言って勘兵衛は、橋を渡った。

実のところ勘兵衛は、その橋を渡って堀を越えるのは、これが初めてである。

これまで北山町堀内などに、用がなかったからだ。

水落門の番所を背に、ゆるやかな坂道を上る。

前方に荒れた武家屋敷が見えてきた。

まるで無住のようである。

いつも城陰になって陽のささないせいであろうか、ぬかるんではいないが草履裏で感じる土は、どこか湿っぽく、周囲の空気すらこもっているような心地がした。

(ここか……)

二軒目で門横の黒い小石を確かめたのち、勘兵衛はすぐに踵を返した。

そして水落門の番所に立ち寄り、番人にその屋敷のことを尋ねた。

まだ若い番人が答えた。

「足軽屋敷以外で、住んでらっしゃるのは縣という屋敷だけで、ほかの屋敷は空き家になっておりますよ」

(なんと……!)

縣……。あの小太郎の住むところであろうか、と勘兵衛は思った。

（たしか坂巻道場で、広瀬先生から聞いた話では……）
元は御供番頭であった、縣茂右衛門と聞いたが……。
縣というのは珍しい姓だが、ほかにもいないとはかぎらない。
（これは、父上に確かめてみなければならぬ）
勘兵衛は待っていた斧次郎に、
「すまぬが、半刻ほどのちに、もう一度屋敷のほうへきてくれぬか」
そう言い残して、屋敷へ急いだ。
喜十の姿は、もうなかった。

北山町堀内

1

やはり北山町の屋敷の主は、縣茂右衛門であった。

そこには小太郎を筆頭に二男一女がおり、妾同然の下女に下男、くわえて権田内膳の妻女以下三人が暮らしていることがわかった。

これで源次右衛門たちが見張らなければならないのは、［越後屋］に［梅むら］に縣屋敷と三ヶ所に増えた。

勘兵衛は手不足を心配したが、源次右衛門の意向では、［越後屋］のほうは［分銅屋］からの見張りにまかせて、特に縣屋敷の見張りに力を注ぎたい、とのことであった。

それで勘兵衛は、縣屋敷の隣りが空き屋敷であったのに目をつけ、そこを見張りの場所に使えるように手配をしておいた。

こうして、十日ばかりも日が過ぎたころ──。

勘兵衛の元には、続ぞくと見張りの成果が集まりつつある。

まず［分銅屋］に泊まり込みで、交替交替に［越後屋］を見張る目付衆からの報告では、店に客として入ったまま、ついには出てこなかったひとの数が四名にのぼるという。

町奉行の手で、この三月におこなわれた宗門人別《しゅうもんにんべつ》改《あらため》によると、［越後屋］には店主の文五郎、番頭の要介、手代の源吉《げんきち》が住んでいる。

さらに五人組頭を通じて調べたところでは、ほかには通いで、飯炊き婆さんと小僧が一人ずついるだけだ、と言う。

これは、見張りの報告とも一致した。

そこで飯炊き婆さんから秘かに聞き込んだところ、二階に客人が四人いるという。

「なんと、四人もか」

室田貫右衛門の報告に、勘兵衛は、いささか驚いた。

店主の文五郎以下、番頭、手代も仲間であろうから、［越後屋］だけで七人もの敵がいることになる。

「それだけでは、ないぞ」

静かな昂奮を見せながら、貫右衛門は続けた。

「例の吹き矢の御師のことだ」

「お、なにかわかりましたか」

「人相は、色黒、眉濃く、鷲鼻で、おそらく左利きではないか、と言っておったな」

「たしかに」

その人相特徴は、斧次郎から聞いていたものである。

「うむ。[越後屋]の四人の客人の内の一人が、ぴったりだと婆さんが言うた」

そうか、やはり[さらしな屋]を出たのちは[越後屋]に転がり込んでいたか、と納得しながら勘兵衛は、

「その婆さん、大丈夫でしょうね」

「その心配ならいらぬ」

貫右衛門が太鼓判を捺《お》すなら、大丈夫であろう。

「ついでのことに[梅むら]のほうは、女将のおぎんに、平吉《へいきち》、順平《じゅんぺい》という住み込みの料理人がおって、通いの女が三人だ」

料理人の名までは知らなかったが、これも、ときおり［梅むら］に、たびたび客として入り込んでいた源次右衛門たちの調査と一致した。

斧次郎によれば、料理人二人が魚菜を仕入れにいくのをつけたところ、挙措、物腰ともに隙がなく、ただの料理人とは思えない、ということだった。

やはり、同じ穴の狢《むじな》であろう。

一方、縣茂右衛門のほうにも、おかしな動きがある。

先日、茂右衛門は、下男の留三を伴って屋敷を出て、向かった先が国家老の下屋敷であったという。

国家老下屋敷と聞いて勘兵衛は緊張し、父の孫兵衛に、そのことを告げると、

「はて……」

孫兵衛は首をひねって、

「まさか、国家老までが関わっておるとは思えぬが……」

眉を曇らせた。

そして言う。

「縣茂右衛門を御供番頭の座から引きずり下ろしたのが、当時は大目付であった斉藤家老だ。いわば茂右衛門にとっては仇同然、そんな二人が結託するとは思えぬがの」

「そうなんですか」

「と、いうのもな……」

かつて、大野藩領主の跡目を、御養子の松平近栄にするか、嫡男の直明にするかで藩が二分したとき——。

「縣茂右衛門は、当時の国家老であった乙部勘左衛門の娘婿で近栄派の旗頭、一方の斉藤利正は若君派で、いわば政敵同士であったからのう」

「え、すると……」

当時の情勢は、幼いながらに勘兵衛も理解していた。

「縣小太郎の母は、乙部家老の娘なのですか」

そちらのほうに驚く勘兵衛であった。

「うむ。たしか楽さま、というたかのう。縣茂右衛門が失脚するや、二歳になる小太郎も捨てて、さっさと実家に引き上げたよ」

「…………」

勘兵衛の内に、改めてのように、小太郎への憐憫の情があふれた。

そんな感傷を振り捨てるように、勘兵衛は言った。

「となると、なにゆえ縣茂右衛門は……」

そのとき、ふっと勘兵衛の胸に兆したことがある。

それは、勘兵衛には忘れられない思い出であった。

「最勝寺裏の国家老下屋敷、前の小泉家老のころは、大名預かりの宮崎兄弟がおりましたが……」

偶然に目撃した居合の遣い手を、勘兵衛は尾行したことがある。

そして、宮崎兄弟の中間《ちゆうげん》であることを知った。

その中間が、小泉家老の刺客となって中村文左の父を斬殺し、父の孫兵衛にも襲撃をくわえてきたのであった。

勘兵衛は父を守って戦い、これに勝利したのだ。

「ふむ。あの兄弟なら、まだ、あの屋敷だが……」

ちらりと考える素振りを見せたのち、孫兵衛が言った。

「宮崎兄弟の父は、信州代官だった旗本だからなあ。越後高田とは無縁であろう」

「そうで、ございますなあ」

たしかに孫兵衛の言うとおりであった。

る。

2

縣屋敷の見張りは、単に茂右衛門だけに留まらず、その家族の動向にまで及んでいる。

それによると縣家の女たちは、いよいよ本格的な梅雨に入った悪天のなか、しばしば買い物に出て、大荷物を抱えて帰宅する。

どんな買い物をしたかといえば、打飼《うちかい》や胴乱《どうらん》、足袋に脚絆、あるいは塵紙や薬剤、さらには桐油合羽《とうゆかっぱ》などなど……。

これらの品目を見ると、旅支度かとも思われる。

さらに数日後には下男の留三が、背負い籠を背負って牛ヶ原の農家に向かったが、この農家は茂右衛門の妾のおきぬと、留三の実家であったという。

なにやら気になる動きではあるが、静観するほかはない。

そうした間にも、坂戸峠では行列駕籠での上り下り、騎馬での上り下りの演習が続けられ、おおむね問題はない、とのことであった。

その日、天候は久しぶりの梅雨の晴れ間で、清水町の屋敷の庭には、洗濯物の物干しであふれていた。

午後になって、あまりの蒸し暑さに八次郎と二人、縁側に腰かけて団扇を使っていた勘兵衛が、

「八次郎。使いばかりを頼むほかは、ろくに外出もさせられなかったが、せっかくの天気だ。ちょいと町歩きぐらいは許してやってもよいぞ」

このところ、膠着状態のまま進展もないのでそう言うと、

「ほんとうに、よろしゅうございますか」

八次郎は喜色を露わにした。

「うむ。その代わり、夕刻までには戻ってこい」

「はい。では、なにか、菓子でも買ってまいりましょう」

相変わらず、食い意地だけは張っている。

八次郎が出かけたあと、斧次郎がやってきた。

「今朝方ちょいと、縣小太郎におかしな動きがありましたので、とりあえずはお耳にと……」

「なに、小太郎にか」

「はい。いつもなら、本願寺の家塾に通うはずが、今朝は弟の余介と二人、坂戸峠の

ほうに向かいましてな」

家塾というのは、藩士の子弟たちへの教育機関である。

「それで……」

「はあ、途中、なにやら絵図のようなものを二人で見ておりましたが、道を外れて山麓を下り姿が見えなくなりました。ま、追うこともなかろうと、元の見張りに戻ったのですが、一刻ばかりで屋敷に戻ってまいりました。どういうことでございましょうな」

「ははあ……。ところで道を外れたあたりは、花山番所の手前ではありませんでしたか」

「かなり手前でございましたな」

「それなら、番所を通らず計石村へ出る抜け道だと思います」

そのような抜け道があることを勘兵衛が知ったのは、昨年の帰郷の折であった。

坂戸峠で待ち受けていた刺客が使ったのも、その抜け道である。

「なるほど、ということは……」

斧次郎は空を睨み、

「先日来の買い物といい、一家は城下からの逐電を考えているのではありませんか」

「そうかも、しれませんなあ」

勘兵衛も、そのように予想した。

つまりは、着着と逐電の準備を進めているわけだ。

「そのときには、いかがいたしましょうか」

と、斧次郎が尋ねてきた。

「ふうむ……」

しばらく思考を凝らしたのち、勘兵衛は答えた。

「見て見ぬふりで、よいのではありませんか」

「よろしいんですか」

「うむ。あの一家には、この城下は針の筵《むしろ》であろうからな」

むしろ、新天地で自由に生きるほうがいいような気がした。

勘兵衛は、さらに続けた。

「しかし、家族全員が逐電するとも思えません。おそらく茂右衛門は、越後高田の走《そう》狗《く》となって、なにかをやろうとするはずです。それで、家族に危害が及ばぬよう、前もって逃がしておこう、というのではありますまいか」

「はい、それなら筋が通ります」

「いずれにせよ、家族たちは黙って見逃してやりましょう。ただ大野を出たら出たで、その首尾のほどの報告だけはお願いいたします」

「わかりました」

「で、屋敷に戻った小太郎は、どうしておりましょう」

「はい。午後は、いつもどおりに坂巻道場へ稽古にまいりました。それを確かめたのちに、こちらへお邪魔をしたのです」

そうか、まだ剣の稽古は続けているのか。

勘兵衛は、小太郎の心情を思いやった。

斧次郎が去ったあと、勘兵衛はこれまでの情報を整理して、

（そういうことか）

大いに納得したことがある。

下男の留三が背負い籠を背負い、牛ヶ原のおきぬや留三の実家である農家に行ったという一件だ。

あの背負い籠には、女たちが買い求めてきた旅装の品が入っていたにちがいない。

というのも、北山町の屋敷から旅支度で出たならば、必ずや疑われる。

それで牛ヶ原の農家で旅支度をととのえ、抜け道を使って国外に出ようというのだ

ろう。

勘兵衛は庭下駄を履いて、庭から玄関にまわった。

軒下では、燕の巣が、どうにか形になってきた。

降雨の間は巣のなかで休み、雨が上がれば泥を運ぶ日日だ。

(早くせぬと……)

間に合わぬぞ。

と泥を咥えて舞い戻った燕に、勘兵衛はつぶやいた。

3

勘兵衛の元に、縣茂右衛門の家族が大野城下を出たとの知らせが入ったのは、それから五日後の雨の朝であった。

斧次郎が言うには――。

「払暁に、おきぬと余介、トドメの母子三人が屋敷を出、牛ヶ原の農家で旅支度をととのえて、例の抜け道に入りました。一方、それとは別に少しの間をあけて、茂右衛門預かりの千佐登と小里の母娘が幼児を背負い、下男の留三を供に屋敷を出たそうです。こちらは、ご次男さまが尾行をしたところ、春日町の春日社に入って旅支度をとのえたのち、留三に見送られて、木本村の方向に旅立ったそうにございます」

「そうか。二手に分かれたか」

片やは抜け道を使って越前街道で、片やは美濃街道で国を出た……。

いったい、それぞれ、どこへ向かったのであろうか。

「で、留三は」

「はい。見送りののち、屋敷に戻りました」

「それだけか」

「今のところは」

「すると小太郎は残っておるのか」

「はい。残るは茂右衛門と小太郎の父子、そして下男の留三の三人でございますな」

「いかん！」

思わず勘兵衛は、声をあげた。

「どういたしました」

斧次郎が言うのに、

「いや。なんでもない。それよりも、なにを企んでおるのかわからぬが、それも、いよいよ近づいたような気がする」

「そのようですね。一段と性根を入れてかかります」

決然とした声音《こわね》で言い、斧次郎は去った。

（むう……）

勘兵衛は大きく吐息をついた。

（茂右衛門め……）

なにゆえ、小太郎まで引きずり込む。

胸に、怒りを抱えていた。

茂右衛門が小太郎を残したということは、なんらかの企みに小太郎をも巻き込んだということである。

勘兵衛が、縣の家族の逐電を予測しながら、それを見逃そうとしたのは、畢竟《ひっきょう》、いまだ元服すらできぬ小太郎を哀れみ、いずくかの他国で新たな人生を踏み出させてやりたかったからだ。

あの、孤独だが無垢な少年を、越後高田の陰謀にくわわらせてはならぬ。

では、どうすればいいのだ。

勘兵衛は、まるで石のように動かず、じっと考えを凝らした。

そんな勘兵衛のそばで、八次郎も息を詰めている。

「後寺町の坂巻道場にまいる」

中食のあと、しばらくして勘兵衛は八次郎に告げて、

「父上が城下がりで戻ってこられたら、折り入ってご相談があるゆえ、どこにも出かけられぬようにとお伝えしてくれ」

「はい。承知いたしました」

勘兵衛の気魄に、顔をこわばらせながら八次郎は答えた。

しとしとと糸を引くように落ちる五月雨《さみだれ》の下、勘兵衛は雨傘を手に、坂巻道場へと向かった。

今回は訪いも入れず勘兵衛が道場に入ると、

「おう、勘兵衛ではないか」

目ざとく気づいて、近づいてきた男がいる。

「ああ、これは田原《たはら》先生、お久しゅうございます」

坂巻道場の次席、田原将一郎《しょういちろう》も勘兵衛のかつての剣の師であった。

「うんうん。先日も顔を見せたそうだな。あとで聞いて、会えずに残念に思っていた

ところだ」

「こちらこそ。もっと、ちょくちょく顔を出すべきでした」

「なんの。きょうは非番で道場にきたが、もう昔のように足繁くとはいかん。それより、広瀬さんから聞いた。もうとてもかなわぬ、と言っておったぞ」

横目付の田原は、公務が忙しいようだ。

「いえ、買いかぶりでございますよ。ところで、縣小太郎はきておりませぬか」

「なに、小太郎……。ふむ、先ほどまでおったが……」

田原は道場を見渡し、

「おい、高崎《たかさき》」

近くで少年に稽古をつけていた十七、八の若者を呼んで尋ねた。

「縣小太郎は、どうした」

「はあ、あいつなら、裏で雑巾の洗濯をやらせております」

「なんだと。この間も、小太郎に洗濯をさせていたではないか」

「いえ、当番でございますから」

「ふむ……、どうだか。剣の席次は、おまえより遥かに小太郎のほうが上だ。見え透いた嫌がらせをするようなら、俺が許さぬぞ」

「いえ、嫌がらせなど……。ほんとうに当番でございます」

「まあ、いい」

目で追いやって、

「聞いたとおりだ」

苦い顔になって田原が言う。

「小太郎は、いつもそのような嫌がらせを？」

「そうではない。特別に親しくつきあう者もいないが、今の高崎は特別嫌みな男でな。上士の家を鼻にかけておるのだ」

「そうですか」

そんな男は、どこにでもいる。

田原に挨拶して、勘兵衛は道場の裏にまわった。

すでに洗濯を終えたか、軒下の物干し竿に雑巾を吊るしている小太郎の姿があった。

「おい、小太郎」

声をかけると小太郎の肩がぴくりと動き、ゆっくりと振り返って、

「これは、勘兵衛さま……」

ひどく暗い目の色であった。

「うむ……」

小さくうなずきながら、勘兵衛が小太郎の目を直視すると、小太郎は視線をはずした。

つい先日に稽古を申し込んできたときとは、まるで別人だ。

「どうした小太郎。ちょいと暇ができたものでな。おまえに稽古をつけてやろうと、やってきたのだ。さあ、道場に戻ろう」

明るい声で言ったのだが、小太郎は濡れ雑巾を手に鼠舞《ねずまい》しながら吊るし終えると、

「あのう」

消え入らんばかりの声を出した。

「ご厚意はまことにかたじけなく存じますが、あいにくきょうは気分が優《すぐ》れず、そろそろ帰宅をいたしますので、どうかご容赦を」

言って、逃げるように姿を消した。

「………」

その背姿を見送りながら、勘兵衛は深い吐息をついた。

やはり小太郎は、心に大きな屈託《くったく》を抱えている。

そのことだけは、確信できた。

再び傘を手に勘兵衛が坂巻道場を出ると、とぼとぼとした足どりで、北に向かう小太郎の背が目についた。

勘兵衛が見ていると、山王池の畔で小太郎の足が止まった。

左手に雨傘を持ちうなだれて、雨の山王池を覗き込んでいるようにも見える。

勘兵衛が、ふと不吉な予感にとらわれたとき、小太郎の右手が上がり、袖でごしごしと目をこすった。

（泣いておるのだ）

勘兵衛は、胸を衝かれた。

その直後、小太郎は泥濘《ぬかるみ》の道を北に走り去っていった。

（救わねば、ならぬ）

あのように苦しみ、しがらみという桎梏《しっこく》から逃れられずにいる小太郎を、なんとしても救わねばならぬ。

勘兵衛の裡《うち》に、そんな想いが強く湧いた。

4

夜になって、雨がやんだ。

勘兵衛が父の孫兵衛と二人、北山町の縣茂右衛門を訪ねたのは、そろそろ五ツ（午後八時）になろうかという時刻だった。

思わぬ夜の訪問者に、出てきた留三は色をなし、取次で出てきた茂右衛門の表情は固かった。

「このような夜分に、突然こられましても迷惑でござる。どうか、お帰りください」

茂右衛門は、吐き出すように謝絶した。

それに対して孫兵衛は、

「目付職としてではなく、落合孫兵衛個人としてお話したいことがある。押して、お願い申す」

「…………」

しばらくの沈黙があったが茂右衛門は、

「見てのとおりの貧乏暮らしだ。茶も出せぬぞ」

「そのようなものは不要」

「ならば、まあ、上がられよ」

しぶしぶのように、座敷に通した。

「で、お話というのはなんでござろう」

ぼそぼそとした声で、茂右衛門が言った。

孫兵衛は、ぐるりと座敷を見渡してから言う。

「ふむ。いやに屋敷内が静かなようだが、ご家族はどうしておられる」

「む……」

茂右衛門は目をしばたたき、

「もう。やすんでござる」

「ほほう」

孫兵衛は、納得したとも、しなかったともとれる返事で、しばらくの間をおいた。

「で、お話というのは」

茂右衛門が焦れるような声を出したのに間髪《かんはつ》を入れず、

「ふむ。そのことよ」

また、間をおいてから言った。

「お邪魔をしたのは、ほかでもない。まことに僭越ながら、ご子息の烏帽子親を買って出たいと思うてな」

「な……、なんと言われる」

「ここにおるのは、我が伜の勘兵衛。過日、坂巻道場にて聞きたるところ、貴息の小太郎どのは、もはや十七とか。それがいまだに前髪姿」

「む、むう」

「いらぬお節介ではあろうが、父親として小太郎どのの元服の儀は、いかがお考えか」

「まさに、お節介じゃ」

茂右衛門がひきつるような声を出したのに、孫兵衛は柔らかく、ゆっくりした口調で返した。

「お節介は、百も承知。この二十四日、貴公のご家族や妹御の家族が、秘かに大野を去ったのも、百も承知」

「むっ、むう」

「それゆえに、こうして人目につかない夜中にやってきたのだ。この縣家は、ご先代が中老まで務められた名家でござる。それをみすみす、汚名ばかりを残して朽ち果てさせるおつもりか」

「なにを言われる。なにがなにやら。意味がわからぬ」

「とぼけては、ならぬ。今なら、まだ間に合うのだ。縣どの、よくよく考えられよ」

孫兵衛の語気が強くなった。

そのとき勘兵衛が、左手の襖に向かって高く声を発した。

「聞け、小太郎！　剣を収めよ。今はおまえの親父どのとの談判中だ。その場で静かに聞いておれ」

勘兵衛の五感は、襖の向こうで剣を鞘走らせた気配をとらえていたのである。

しばしの静寂が流れた。

孫兵衛が口を開く。

「縣どの。拙者の言いたきことは、すでにその胸にあろう。今なら間に合うのだ。よくよく考えて、拙者に小太郎どのの烏帽子親をやらせてくれぬか」

「むむう、むう」

荒い息をつきながら、ようやくに茂右衛門が言った。

「しかし……。もう、遅かろう。今度こそは、我が家もお取りつぶしじゃ」

「いや。そんなことはないぞ。小太郎どのの元服ののちは、すみやかに隠居を願い出て、小太郎どのに家督を譲るのだ」

「いや、それですむはずがない」

「ふむ、たしかに無傷というわけにはいくまいよ。まずは、藩庁よりお預かりの、千佐登どのと、小里どのの母子を逃がした咎めはござろうな。だが、そんなものは微微たる罪じゃ。拙者も尽力はいたすが、藩庁にも慈悲はござろう」

「…………」

「どうで、あろうな」

孫兵衛は詰め寄ったが、

「いや……」

力なく、茂右衛門は首を振った。

「すでに、小太郎以外の子を逐電させた」

「なんの。幸いというてはなんだが、形式的には下女と、その私生児だ。それに対してお咎めのあろうはずはない」

「まことか」

「嘘偽りはない」

だが茂右衛門は、ひとしきり唸り、ついには脂汗まで流して、

「いや、駄目だ。もはや我らに助かる道はない」

拳で、自分の膝を叩きはじめた。

「なぜだ。なにゆえ、そう悲観的になる。話されてみよ」

孫兵衛も、茂右衛門の説得に力が入ってきた。

勘兵衛は、それをじっと見守るしかない。

茂右衛門が、かすれるような声で言った。

「どこまで、どこまでを、ご存じなのだ」

「ふむ、勘兵衛」

孫兵衛が、勘兵衛に振ってきた。

「では、申し上げましょう。この九日、縣さまが［梅むら］において［越後屋］主人と密談をされたる一条」

「むう」

「さらに申せば、その［越後屋］も［梅むら］も、越後高田の諜者であるということ」

「そ、そこまで知られておったとは……」

茂右衛門は、がっくりと肩を落として、

「実はその……、［越後屋］の罠に落ち、一筆念書を取られてござれば……、もはや逃げ道などはござらぬのだ」

悲鳴にも似た、悲痛な声をあげた。

「ふむ、念書か。ううむ……」

孫兵衛は腕を組み、しばし沈思していたが、決然と言った。

「それぱかりは、どう転ぶやら先は見えぬ。それゆえ、しかとお約束はいたしかねるが、その念書とやらが顕われるか否か。ここは覚悟を決められるべきではなかろうか。いや、御嫡男の小太郎どののためにも、そうすべきであろう」

「そうかもしれぬ……」

「いずれにせよ、縣どのが我らに協力をしてくれるならば、その功は必ずや斟酌されようし、拙者も全力をもって擁護をいたす所存でござる」

「かたじけない。元より、こうなったからには、ご存念どおりに動きましょう」

「うむ。よろしくお願い申す」

「して、小太郎の烏帽子親の件でござるが、まこと、引き受けてくださいましょうや」

「まかせておけ。必ずや元服させる」

すると茂右衛門は、畳に這いつくばるように深ぶかと頭を下げて、

「ご厚志、かたじけなくお受けいたす。これ、小太郎、おまえもここへ出て、落合さまに御礼を申せ」

静かに襖が開き、小太郎が涙でくしゃくしゃになった顔を覗かせた。

そして茂右衛門は、［越後屋］からの指令を、ことごとく告白しはじめたのである。

5

縣屋敷を出たのち勘兵衛は、服部源次右衛門たちが見張りについている屋敷前で足を止めた。

「では父上、わたしは念のため、ここにて見張っております」

小声で言うと、孫兵衛はうなずいた。

「そうか。ではわしは、貫右衛門の屋敷にまいり、さっそくに手配にかかるゆえ、しばらく頼むぞ」

提灯の灯とともに、北山町の坂道を下りていった。

まさかとは思うが、茂右衛門と小太郎の父子が心変わりして、このまま逐電という

事態は避けなければならない。

もし、そのようなことになれば、越後高田の賊たちが異常を察知して、計画を変更するおそれがあるのだ。

勘兵衛父子はそのことを説き、茂右衛門は徒目付の監視下での禁足を受け入れた。

孫兵衛は、徒目付の手配に向かったのである。

だが、徒目付到着までの間隙を縫っての逃亡も視野に入れて、勘兵衛はここにて縣屋敷を監視することにしたのである。

「これ、勘兵衛どの、いかがいたした」

勘兵衛が闇に溶けるように、ぴったり門に張りついていると、内側から服部源次右衛門の声が届いた。

（さすがだな……）

思いながら勘兵衛は、小声で答える。

「今しばし、お待ちを。のちほどまいりますゆえ、潜り戸を開けておいてください」

「承知」

再び、勘兵衛は闇のなかに溶け込んだ。

どこからか、ほう、ほう、と、ふくろうの声がする。

一刻（二時間）ばかりも、たったろうか。

ざっざっと、坂下から複数の足音が聞こえ、灯りが近づいてきた。

勘兵衛は、門を離れて道に出た。

室田貫右衛門が、四人の徒目付を率いてやってきたのだ。

徒目付たちは全員が、若君の道中にも同行した者たちで、十分に信頼に足る人選がなされている。

それぞれが薄縁《うすべり》を背負っているのは、これから縣屋敷に泊まり込む用意であろう。

貫右衛門が言う。

「事情はよくわからぬが、とりあえずは掻き集めてきたぞ」

「ありがとうございます。で、父上は？」

「もう深夜のことゆえ、あとは明朝のことにしようと言われて屋敷に戻られた」

「そうですか。とにかく詳しい事情は、のちほどのことといたしまして、屋敷内にての監視、足留めをお願いいたします。くれぐれも、外部には漏れませぬように」

「うむ。義父上からも、そう聞いた。この者たちにも、そのように申しつけておる」

四人の徒目付たちも、一様にうなずいた。

「もし来客があれば姿を隠し、普段どおりに装っていただきたいし、家の者から前後の事情なども問わずにいただきたい」

勘兵衛が、さらに念を入れると貫右衛門が部下たちに、

「と、いうことだ。とにもかくにも、半夏生《はげっしゅ》の日まで、あと四日。住み込み働きで気の毒だが、兵糧《ひょうろう》はたっぷりと届けるゆえに、心して任務にあたってくれ」

と、告げた。

そう。茂右衛門の告白によって、四日後の六月三日に、なにかが起こるようだ。

その全貌については、これから分析が必要であったが、勘兵衛の内では、おおよその見当はついている。

勘兵衛は、貫右衛門率いる徒目付たちとともに、再び縣屋敷に入って、茂右衛門に徒目付たちを引き合わせた。

「では義兄上、わたしは、まだやらねばならぬことがございますので、これにて失礼をいたします」

「そうか。いや、俺も、部下たちに指図を終えたら屋敷に戻る。朝一番にでも清水町に顔を出そうか」

「そう願えますか」

「承知した」

あとは貫右衛門にまかせて、勘兵衛は再び縣屋敷を出た。

殲滅《せんめつ》の日

1

隣り屋敷まではわずかな距離だが、ひと筋の灯りとてない。やむを得ず提灯に火を入れた。

それから、隣り屋敷の潜り戸から入る。

空き屋敷には雨戸が巡らされ、なおかつ十字に板が打ちつけられていた。

庭のほうから、ちらりと灯がこぼれたので、そちらへ向かった。

灯りは斧次郎が手にした龕灯《がんどう》で、そこのところだけ雨戸が一枚、はずされている。

「足元に、細引きを張っておりますので、お気をつけて。履き物はお持ちください」

「ふむ」

侵入者への用心であろう。

勘兵衛が履き物を手に屋敷内に入ると、手早く斧次郎が雨戸を閉《た》てた。

無住の屋敷ゆえ荒れ果てて、床がみしみしと音を立てる。

襖も障子も破れ放題であった。

案内された座敷には、服部源次右衛門以下、喜十に忠八と全員が揃っていた。

あたかも春日町の油蔵から、こちらへ隠れ家を変えたかのようであった。

みんながみんな、いつでも外出できるように、草鞋までつけた忍び装束なのには驚いた。

もっと驚いたのは、古畳がすべて外され、それが障子や襖に立てかけられていたことだ。

「こうしておけば、外からは容易に開けられぬ」

源次右衛門が言うのに、

(なるほど……)

勘兵衛には知らぬ世界があったのだ。

斧次郎が、勘兵衛を通すために外していた古畳を床に敷き、

「ま、こちらへ」

と薦めた。

「では、遠慮なく」

妙にふかふかした古畳に、勘兵衛は胡座《あぐら》をかいた。

「さっそくながら、前置きは飛ばしますが、実は先ほど、縣茂右衛門が［越後屋］文五郎と談合したる内容を白状いたしました」

「ほう。それはお手柄でございましたな。して……」

源次右衛門が、身を乗り出した。

「はい。幕府より我が藩に預かりました罪人で、宮崎兄弟というのがおりますが、ご存じでいらっしゃいますか」

「うむ、聞いたことはある。たしか七、八年も昔ではなかったかな」

「はい。八年前のことで。過日に茂右衛門が、最勝寺裏の国家老下屋敷に入ったと、お知らせをいただきましたが、宮崎兄弟はその下屋敷に軟禁されている由」

「おう。そういうことか。ふむ、すると茂右衛門の役割は、その宮崎兄弟に関わることだな」

「そのとおりです。四日後の半夏生《はんげしよう》の日、八ツ（午後二時）から七ツ（午後四時）の間に、茂右衛門は宮崎兄弟を連れ出して、自分の屋敷に匿ったのち、ころ合いを見て領外に逃がす。これが縣茂右衛門に与えられた指示で、すでに宮崎兄弟や周辺には、[越後屋]が前もって御膳立てをすませていたそうにございます」

「ほう。だが……」

源次右衛門は、

「そりゃ、また、いかなる趣向であろうかのう」

首をひねった。

「それについては、縣茂右衛門も知らされてはいないようですが、多少、心当たりがございます」

「さて、どのような」

「はい。実は茂右衛門、先月の終わりごろ[越後屋]に城の絵図面を渡したそうで、その折に特に二の丸付近の警備状況についても尋ねられたそうでございます」

「なんと、けしからぬやつだ。すると、敵は二の丸への侵入を企てておるのか」

「そのように思われます。幕府より預かり中の宮崎兄弟が居所不明となれば、これは一大事。目付衆はじめ追っ手を繰り出し、混乱を極めましょう」

「なるほど、陽動作戦か。混乱に乗じて城内に侵入、若君暗殺を狙うということじゃな。ふむ。あの毒吹き矢は、やはりそういうことであったのか」

普段はおだやかな顔つきの源次右衛門が、珍しく怒りで面貌を朱に染めた。

それは勘兵衛とても同じで、怒りで身が震えるほどである。

「ところで、お尋ねをいたしますが、［梅むら］に出入りしての印象はいかがでございましたか。わたしも一度だけ覗いてみましたが、女将のおぎんが挨拶にきて、郷方だと言うと、あとは見向きもしませんでしたが」

「それは我らも同じこと。商人の姿で客として入ったが、挨拶すらなかった。おぎんは、もっぱら、御家中の間を飛びまわっておったよ。案ずるに、あれは相当に城中の噂を集めておるな」

「やはり、そうでございましたか」

（客のなかに、賄い所の小役人がいると文左が言うたな）

勘兵衛は、改めて［梅むら］での記憶を呼び起こしていた。

「実は、二の丸曲輪には、五年ばかり前に蓮池が作られ、蓮見亭と名づけられた桟敷屋敷が建てられております。若君には、そこがいたくお気に入りで、半夏生の夕には、その蓮見亭で、近習たちと蓮を眺めながら焼き鯖を食する宴を催すことになっております」

「なに、焼き鯖じゃと。ふむ、我らは、ずっと江戸ゆえ詳しくは知らぬが、この大野には、そのような風習があると聞いたことはある」

「はい。半夏生のことを〈はげっしゅ〉といって、焼き鯖を丸ごと食する習慣がございます」

「なるほど、そういうことか、敵は、その宴のことを摑んで、その日を決行日と決めたのだな」

「はい、蓮見物のために、障子は開け放たれておりますし、警護の武士がうろちょろすれば興醒めでございましょうから、吹き矢や飛び道具で狙いやすかろうと考えたのでございましょう」

「むう、小癪な」

「とりあえずは、どのように対処するか、明日にも大目付さまと協議をいたして万全を期する所存でございます」

「わかった。それでなあ、勘兵衛」

「はい」

「それほどに大胆な企てを立てたからには、連中にも、それなりの覚悟があろう。この際、全員を屠《ほふ》り去ってはどうじゃ」

源次右衛門の目が、凄みを帯びた。

「そうでございますなあ」

勘兵衛は、しばし考え、決断をした。

「その方向でいきましょう。半夏生の日まで、間に三日ございますから、その間に、先ざきのことも考慮に入れた策を考え、またご連絡をお入れいたします」

「うむ。そうしてくれ」

源次右衛門ほか、全員が重重しくうなずいた。

2

二日ののち、勘兵衛は三ノ丸曲輪の役所に広瀬栄之進を訪ねた。

坂巻道場の師範代である広瀬は、城中の食膳や庭方などを受け持つ勝手番小納戸《こなんど》役の職にあった。

「おう、こんなところまでどうした。珍しいな」

「はあ、ちょいとお願いがございまして」

広瀬が言う。

「なんだ」

「はい、半夏生《はげっしゅ》の焼き鯖は、どちらからお求めでしょうか」

「ふむ。おかしなことを聞く。魚介のたぐいの御用達は、従来より三番上町の［魚《うお》秀《ひで》］と決まっておるがの」

広瀬の顔に笑いが滲んだ。

「ははあ［魚秀］でございますか。申し訳ありませんが、お口を利いてはいただけませぬか」

「どういうことだ」

「実は、焼き鯖を二十本ばかり頼みたいのですが、我が家に出入りの魚屋では、すでに予約も締め切って、それだけの余裕はないと断わられてしまったのです」

実際、勘兵衛は断わられて、ここへきたのであった。

「二十本もか。宴会でもやろうというのか」

「ま、そのようなわけで。広瀬先生の顔なら、なんとかなろうかと考えまして、お願いにまいりました次第です」

「そうか。［魚秀］なら、なんとかなろう。よし、一筆書いてやろう」

「私《わたくしごと》事で、申し訳ございません」

「なんの。おやすい御用だ」

こうして広瀬の書付を持って［魚秀］を訪ねたら、あっさり引き受けてくれた。

「では、明後日の午前中に、必ず屋敷までお届けください」

その足で勘兵衛は、次に二の丸屋敷に伊波利三を訪ねた。

勘兵衛が用向きを伝えると、伊波が目を剝いた。

「なんだと、半夏生《はげっしゅ》の宴を蓮見亭ではなくて、おまえの屋敷に変えろだと。どこをどう押せば、そんな無茶が出るのだ」

「無茶は承知だ。実はな……」

その日に、若君暗殺の計画があることを手短かに伝えた。

「なに、それはまことか」

「それゆえにだ。詳しいところまでは言えぬが、当日、この二の丸は空にしておきたい」

「なに。空にか」

「そうだ。暗殺団に罠を仕掛ける」

「ふうむ。そういうことか」

伊波は腕を組んだ。

「すでに焼き鯖の手当もすませた。二十本もあれば、足るだろう」

「いや。それなら、賄い方に運ばせればすむことだが」

「しかし、万が一ということもある。毒が仕込まれていないとは、かぎらぬからな。用心に越したことはない」

なにしろ相手は、忍びの集団であった。

前もって［魚秀］に忍び込み、城内に納める品に毒を仕込むことも考えておかねばならなかったのだ。

伊波が決断したように言った。

「よし。では、お微行《しのび》ということにしよう。そうすれば、若君も興が乗られるかもしれん。そうだ勘兵衛、お母君にお願いして、例のけんけら菓子を作ってはもらえぬか」

「それは、かまわぬが」

「そうしろ。けんけらを用意して、勘兵衛がお招きしていますと言えば、きっと若君も喜ぼう」

かつて少年のころ、勘兵衛が初めて若君に伺候した折に、土産に母の作ったけんけらを持っていったことがある。

それを、伊波は言っているのだ。

「わかった。そうしよう」

「うむ。しかし……。お微行というのに、ぞろぞろと行くわけにもいかんし、大人数ともなれば支度も大変であろうな」

「まあ、多少、手狭ではあるが、それはなんとでもなろう」

「よし。では、こうしよう。若君に俺に七之丞、小姓は三人ばかりで、合計で六人。残りの小姓たちは、半夏生ゆえに実家で過ごせ、ということにしようか」

「そうか。すまぬな」

「いやいや。それより、よくぞ敵の計画を突き止めたな。事が済んでのちでよいから、ゆっくりと話を聞かせてくれよ」

「承知した。で、時刻だが……」

「そうであったな。どうするのがよいかな」

「では、ちょいと早いが、明後日の八ツ（午後二時）までに、新堀門から出てくれ。俺は新堀門のところで待っておる」

「よし、わかった」

「くれぐれも、この二の丸は空にしておいてくれ」

「うむ。罠を仕掛けるんだったな」

「そういうことだ」

すでに昨日、大目付の塩川益右衛門、目付の落合孫兵衛と室田貫右衛門、それに勘兵衛がくわわって、すべての手筈は決まっていた。

そして、事がことだけに国家老にも、どこの誰ともわからないが、若君暗殺計画が進行中との報告をすませ、近く一網打尽にする予定だと伝えておいた。

さらに勘兵衛は、言った。

「伊波、お微行とはいえ、やはり警護は必要だ。これから、御供番頭の沓掛押二さまに掛け合うつもりだから、つきあってはくれぬか」

「それは、まかせておけ。家老の俺から頼むのが筋であろう」

「それは、そうだ。ではうまくやってくれ」

勘兵衛は、うなずいた。

3

いよいよ、その日がきた。

朝から雨もよいの日であった。

五ツ（午前八時）前、いつもより一刻ほど早く屋敷を出る孫兵衛を、勘兵衛は玄関先に見送った。

「父上、よろしくお願いいたします」

「うむ。まかせておけ。おまえは、しっかり客人をもてなすのだぞ」

「はい」

門のところまで出て、用人の望月を供にした父を見送ったのち、勘兵衛は玄関の軒先を仰ぎ見た。

すでに燕の巣は完成して、二羽の燕は巣ごもりをしている。

おそらくは卵をいくつか産んで、交替交替に温めている様子だ。

伊波からは、きのうのうちに使いがきて、短い文が届いている。

そこには――。

　けんけらが効いたぞ。たいそうなお喜びようだ。

と、短く記されていた。

玄関から戻って勘兵衛は、まっすぐに台所へ向かった。

台所では母の梨紗が、焙烙《ほうろく》で大豆を煎っているところであった。

ぷん、と香ばしい匂いが漂っている。

その傍らで下働きのはつが、がらがらと石臼をまわして、煎り終わった大豆を粉に挽いていた。

けんけらの準備である。

大豆粉に水飴をくわえて薄く伸ばし、長方形に切って一ひねりしたものがけんけらで、昔、永平寺の建径羅という名の僧が考案したから、その名になったと聞いている。

「どうしました、勘兵衛」

梨紗が、声をかけてきた。

「いえ、なにか、お手伝いができることはないかと……」

「なにを言う。勝手のことは、まかせるがよい。まもなく詩織も手伝いにくるほどに、心配などいらぬ」

「はあ、それでは……」

きょう城下では各所で、多くの目付衆が、それぞれの役を担って働くことになっている。

また、源次右衛門たちも、隠密裡に任務を遂行する。

だが勘兵衛は、その肝心なときに、この屋敷において若君を迎え、宴を開かなければならない。

そのもどかしい気分を紛らわせるためにも、なにかせずにはおれない気分であったのだ。

やがて姉の詩織が、台所の手伝いにやってきた。

しばらくのちには、[魚秀]から注文の焼き鯖が届いた。

傷みやすい鯖を夏場に保存するために、鯖を開いて串に刺し浜焼きにする。脂がよく乗った身をはじけさせぬよう、火加減がむずかしいという。

それが焼き鯖だった。

それを一本一本藁苞《わらづと》に包み、大野藩飛び地の四《よつ》ヶ浦から、この大野城下まで直送されてくるのだ。

大きな笊《ざる》に藁苞が山盛りにされたものが二つ、玄関先に置かれた。

「うわあ、こいつはうまそうだ」

藁苞から、ちょいと串ごと抜き、姿を現わした焼き鯖を見て、八次郎が涎《よだれ》を流さんばかりの表情になった。

「あとで、いやというほど食わせてやるから心配するな」

「え、ほんとうですか」

「母上が頼んだ分も、これとは別に七本が届くそうだから心配はいらぬ。それよりこれを台所へ運んでいけ」

「はい。あ、こりゃ重い」

大笊を抱えて、八次郎は嬉しそうに言った。


半夏生の日は、城下のおおかたの商家は休みとなる。

忙しいのは、魚屋ばかりだ。

五番下町にある［越後屋］も、朝から大戸を閉じたままであった。

雨もよいの空は、午後になって雲が薄らぎ、ぼうっと薄日がさしてきた。

正午を少し過ぎたころ、その潜り戸から、一人の男が通りに出てきた。

向かいの［分銅屋］の二階から、それを見ていた室田小左衛門が、

「番頭の要介だ。兄上の言われたとおりだな」

と、傍らの木崎慎吾《きざきしんご》に言った。

木崎は、二日前から高田次助と交代した徒目付である。

「そうか。いよいよだな。では、ちょいと出かけてくる」

木崎が言って、見張り座敷を出ていった。

番頭の姿は、石灯籠通りを西に向かい、消えた。まっすぐに進めば、一番下町に至る。

石灯籠通りは名のとおり、道筋にところどころ石灯籠がある。

通りの西端に建つ石灯籠は、ひときわ大きく、これは金森長近が、この地に城下町を造るとき、測量の基点としたところであった。

さて［分銅屋］を出た木崎慎吾は、番頭のあとを急ぐでもなく進んだ。

この通りの右側、すなわち北側に、商家に混じって、小野派一刀流を指南する村松道場という剣道場があった。

木崎は知らぬことだが、その村松道場の傍らに植わった松の木陰に、職人ふうの男が腰を下ろしていた。

斧次郎である。

（やはり、きたか）

すでに要介の姿をとらえて、ほくそ笑んでいた。

［越後屋］の者が、はたして縣茂右衛門が約定どおりに、宮崎兄弟を逃がすかどうか、必ず物見にくるであろう、と言った勘兵衛のことばどおりであったからだ。

さて、その要介、そのような伏兵がいるとも気づかず、さらには後ろから、商人に変装した木崎慎吾がついてくるとも気づいていない。そして通りを西端までくると、大きな石灯籠の陰にしゃがんで、煙管など取り出している。

そんな要介には目もくれず、木崎は角を曲がり、一番町の水路に沿って北へと向かった。

結局のところ木崎の姿は、北山町堀内の縣茂右衛門の屋敷に向かっている。

物見が出たことを、そこで待機しているはずの上司、室田貫右衛門に知らせたのだ。

「そうか。やはりのう。いやご苦労であった。では、再び［分銅屋］のほうで頼む」

木崎を帰して、貫右衛門が縣茂右衛門に言った。

「やはり、番頭が物見にきたそうだ。おそらく宮崎兄弟を連れ出すところまでは、確かめずにおくまい。万事、先ほど打ち合わせたとおりにお願いする」

「心得た。今しばらくして、留三を連れて出かけよう」

と、茂右衛門は答えた。

そのころ勘兵衛は、亀山城の南、新堀門の外で若君や伊波たちを待っていた。

そこから清水町の屋敷までは、指呼《しこ》の距離だ。

すでに若君警護の御供番は、清水町の屋敷にも入っているし、道道に、さりげなく配置が終わっている。

4

八ツ（午後二時）を少し過ぎたころ、石灯籠の陰に隠れた要介の前を、菅笠をかぶった縣茂右衛門と留三の二人連れが通った。

要介が、あとをつけはじめる。

変装をした目付衆の監視がついているのも、斧次郎に貼りつかれていることも、気づいていないようだ。

やがて茂右衛門たちは、国家老下屋敷に入った。

物見の要介は、それを確かめたのち物陰にひそんだ。

しばらくののち、茂右衛門と留三は編み笠姿の若者二人を連れて、下屋敷から出た。

要介は再び、そのあとをついていった。

実のところ、茂右衛門が連れ出した二人は宮崎兄弟ではない。年ごろや体格の似た、目付衆の家族であった。

本物の宮崎兄弟は、すでに厳しい監視下に置かれ、手引きの下男は午前のうちに捕らえられている。

（む……！）

要介を尾行していた斧次郎が、一番上町で歩みをゆるめ、さりげなく止まったのは、先を行く要介が足を止めたからだ。

その先を進む茂右衛門たちが、遠ざかっていく。

要介は、水路に設けられた河戸の下り口あたりにしゃがみ込んで、煙管を取り出すと一服つけはじめた。

（なにをしておる……？）

訝りつつも斧次郎は、手近なところに建つ町蔵の陰に身をひそめた。

それが小半刻（三十分）も続いただろうか。

ようやく要介が身を起こした。

この一番通りから侍町である柳町の間には、本願寺清水《しょうず》から水を引いた外堀がある。

その外堀を越えて柳町に入る道路は二本、それぞれに上町口《かみまちぐち》門か下町口《したまちぐち》門から入るしかない。

要介が向かった方向は、その上町口門への道であった。

柳町の先は、二十間堀とも呼ばれる内堀で、その先が亀山城であった。

（なにをしようというのか）

斧次郎は曲がり角のところで止まり、要介の後ろ姿を目だけで追った。

要介は上町口門の手前で足を止めて前後を窺い、人通りがないことを確かめたのちに、門内になにかを投げ入れた。結び文のように見えた。

投げ入れるなり、要介が早足で戻ってくる。

斧次郎は反転して南に進みながら——。

（そうか）

要介の行動の意味を悟った。

宮崎兄弟が逃亡した。

そのことを、要介は知らせたのだ。

城中を混乱させるには、その手がもっとも確実であった。

斧次郎が振り向くと、一番通りに戻った要介は、逆に北へと向かっている。さりげなく反転した。

要介は右折して、七間通りに入った。斧次郎が追う。

三番通りを右折した。その方向に［梅むら］がある。

けではない。

（やはりな）

勘兵衛の予測は的中していたな、と斧次郎は思った。

大戸を閉《た》てた［梅むら］の潜り戸から、要介が入ったのを確かめたのは、斧次郎だけではない。

［梅むら］の向かい、応行寺《おうぎょうじ》山門に近いところに、大鋸町の町会所がある。

「落合さま。ただいま［越後屋］の番頭が［梅むら］に入りました」

落合孫兵衛に、そう報告したのは、会所の窓から見張っている高田次助である。

［分銅屋］からの見張りを、木崎慎吾と交替したのは、番頭である要介の顔を知っていたからだ。

「そうか。いよいよだな」

団扇を使っていた孫兵衛も、格子窓のところに顔を寄せた。

そのころ、三ノ丸曲輪の目付役所には、すでに上町口門の門番から、宮崎兄弟逃亡との投げ文があったと急報が入っている。

ここに陣取る大目付の塩川益右衛門は、

「どこに物見がいるともわからんからな。とりあえず二人ほど御家老の下屋敷まで走って、戻ってこい」

と、指示している。

それから傍らの物頭、落合七兵衛《しちべえ》に向かって、

「いよいよですかな」

と、言った。

落合七兵衛は、落合孫兵衛の親戚にあたり、孫兵衛の要請に応えて、ここにいる。

物頭というのは幕府における御先手頭にあたり、弓組、鉄砲組などを率いて、戦のときには先鋒を勤める。

すでに二の丸屋敷内には、弓組、鉄砲組それぞれ十五人ずつが配置されていた。

「いやあ、腕が鳴る。日ごろの調練に怠りはないが、なにしろ実戦は初めてのことだからのう」

やや高揚した声で、落合七兵衛が答えたものだ。

やがて家老下屋敷に走らせた、囮の二人が戻ってきた。

「そろそろですかの」

七兵衛が言う。それに益右衛門が答えた。

「そうですな。お願いをいたします」

すると七兵衛は立ち上がり、

「よし。では、者ども、立て」

その号令に、紺の羽織に、袴の股立ちを取った二十人が立ち上がった。

すべて、落合七兵衛配下の足軽たちである。

「先に指示したように、二隊に分かれて、一隊は春日神社まで、一隊は花山番所まで、足並みを揃えて走るのだ。そこから先は、各各、解散帰宅してかまわぬ。行け！」

こうして足軽隊は二手に分かれ、一隊は大手門へ、もう一隊は下大手門へと走り去った。

これもまた、敵の目を欺く囮であった。

次には、益右衛門が立ち上がって言う。

「まだまだ時間はあるが、そろそろ出動の身支度にかかれ」

落合孫兵衛配下、それに室田貫右衛門配下の横目付に徒目付たち、およそ三十人が、この目付役所に集められていた。

そのなかには、縣の屋敷から役所に戻ってきた室田貫右衛門や、坂巻道場次席の田原将一郎もいた。

滅多にはないことだが、事あって、徒目付出動の際の武装は決められている。

目付や横目付は、袴の股立ちを取るだけでよいが、きょうは特別に白鉢巻をすることに取り決めている。

これは、賊が同じ姿であった場合、敵味方を区別するための処置であった。

徒目付は脚絆草鞋がけで足許を固め、袴はつけずに半纏の上から、定紋入りの長羽織を羽織り、手には六尺棒を持つのである。

5

それから有余ののち——。

物見に出ていた要介が［越後屋］に戻ってきた。

［梅むら］の二階から、東に走り去る捕り方の一隊を目撃して、準備は整ったと考えたのであろう。

やがて、一人、また一人と［越後屋］からひとが出た。向かう先は南だった。

町人姿のそれぞれの背には、大きな風呂敷包みがあった。

その様子を、向かいの［分銅屋］二階から、室田小左衛門に木崎慎吾が固唾を飲んで見守っている。

小左衛門が言った。

「残るは、亭主の文五郎だけですね」

一人、また一人と［越後屋］の潜り戸から出てきたのは、これまで六人を数えた。

そして、しんがりの文五郎も出た。

合計で七人、これでもう［越後屋］は空のはずだった。

だが念のため木崎慎吾と室田小左衛門は、今しばし［越後屋］を見張って、

「よし、まちがいない。ここを出よう」

二人は［分銅屋］を出たのである。

その二人が南に向かうのを、いつの間に合流したのか、服部源次右衛門に喜十に忠八、それに斧次郎の四人が見送っていた。

「では、まいろうか」

源次右衛門が静かに言い、

「では、四日後に……」

と喜十が答え、喜十に忠八、斧次郎の三人が南に向かった。

残った源次右衛門は、［越後屋］の大戸に寄りかかるようにして目配りをしていたが、目にもとまらない早業で潜り戸のなかへと姿が消えた。

さて、木崎慎吾と室田小左衛門が向かった先は、大鋸町の町会所であった。

そこには落合孫兵衛と高田次助が待ち受けていて、

「いかが、あいなりましたか」

と、尋ねた小左衛門に、

「七人が七人とも、あの［梅むら］に入っていったぞ」

「読み、どおりですね」

「そういうことだ」

孫兵衛は満足げな声を出した。

だが、それから小半刻も待ったが、［梅むら］に動きはない。

「遅いですな」

木崎が焦れたような声で言う。

「なんの」

孫兵衛が、ゆったりした声で続ける。

「どうせ姿を現わすのは、下城の太鼓が鳴ったのちよ。城中に、うようよ勤番侍がおるところに突っ込んでいくわけはなかろう」

「あ、それはそうでございますな」

木崎は首をすくめた。

若君襲撃の時刻まではわかっていないが、縣茂右衛門が受けた指令は、宮崎兄弟を八ツ（午後二時）から七ツ（午後四時）の間に連れ出せ、というものであった。

そして七ツには、下城を報らせる太鼓が打たれる。

と、なれば、襲撃の時刻は、下城が完了した七ツ半（午後五時）ごろであろうと予測がついたのである。

今ごろ、あの［梅むら］の内部では、賊どもが、目付衆に見立てた姿に化けているのであろう、と孫兵衛は思っている。

背にしていた風呂敷包みは、その衣装や大小であったはずだ。

やがて下城の太鼓も鳴り終えた。

（いよいよの、いよいよだぞ）

さすがの孫兵衛も、緊張して［梅むら］を見つめていた。

女が姿を現わした。

左右に目を走らせている。

そして人通りが絶えた一瞬、女が合図を送ったのであろう。

続ぞくと侍姿のひとが湧いて出た。

その装束《いでたち》を一目見て孫兵衛は——。

（馬鹿め、引っかかりおったわい）

心で快哉を叫びながら、小左衛門たちに告げた。

「数を、数を数えよ！」

「九人にございます」

「はい、九人です」

異口同音に返事があった。

つまりは「梅むら」の料理人たちも、侍に化けたということだ。

だが、その装束は、紺色羽織に袴の股立ちを取ったもの、すなわち囮で出した足軽隊の姿を、そっくり真似たものであった。

目付衆の出動姿とは、まるでちがう。

目付衆は藩士の監察にあたるから、たとえ出動したとしても、まず町方に出ることはない。

つまりは、その装束について、賊どもの知るところではない。

宮崎兄弟の行方を探る目付衆なら、混乱のさなか、二の丸曲輪にも入れると踏んでいたのであろうが、そうは問屋が卸さない。

孫兵衛たちの策は、見事に的中したのである。

おぎん、というらしい女が［梅むら］に引っ込んだのち、孫兵衛は言った。

「では、我らもまいろう。後詰じゃからな。油断はするな」

町会所を出た。

賊たちが進んだ先の、上町口門、さらには大手門、そして三ノ丸曲輪から二の丸曲輪に入るところにある鳩門と呼ばれる二の丸城門の門番には、通過する者を誰何《すいか》せず、自由に通してやれと言い聞かせてある。

そして賊たちが鳩門を通過したのちは、直ちに鳩門が閉じられる手筈だ。

さらに、その先の本丸城門は閉じられて、御供番たちが厳重に守っている。

まさに袋の鼠であった。


下城の太鼓を、勘兵衛は清水町の屋敷で聞いた。

若君を迎えて一刻あまりが過ぎて、襖をぶち抜いて作った大座敷では、焼き鯖をかじり、酒を酌み交わしてと、宴はまさにたけなわに入っていたが、勘兵衛は、どこか心あらずである。

だが若君は、初めて臣下の屋敷を訪ねた物珍しさもあって、大いに上機嫌であった。

そのころ［越後屋］では、忍び入った服部源次右衛門が、越後高田との間に交わされた密書の類、さらには縣茂右衛門が裏書きしたという文書など、証拠の品じなを、根こそぎ集めているところであった。

また［梅むら］の内部では、施錠せずにおいた潜り戸から侵入した喜十、忠八、斧次郎の手によって、左胸を血に染めたおぎんが絶命していた。

そして喜十と忠八は、その足で勝山へと向かっている。

（そろそろだが……）

勘兵衛は、小さく伊波に目配せしたのち、そっと宴席を立って玄関に向かった。

門は閉じられ、内側に護衛の士が二人いた。

式台のところに、勘兵衛は立った。

やがて、城の方向から、銃声がいくつも響いてきた。

その音に驚いたか、軒先の燕が飛び立ったが、再び戻ってきたようだ。

耳を澄ませた勘兵衛に、もはや銃声は届かなかった。

（終わったな）

勘兵衛は、賑やかな声がする広間へと戻っていった。

元服と巣立ち

1

二の丸で斃《たお》れた賊たちの遺骸とおぎんの死体は、その日のうちに闇から闇へと葬られている。

そして城内に響いた銃声を怪しんだ者には、藩主を慰めるための花火だったと説明された。

また国家老には、大目付から大老の「た」の字も出さず、背景も説明せず、越後高田から送り込まれていた諜者たちを、秘密裡に誅殺したことだけを報告している。

その報告を国家老は訝かしんだが、源次右衛門が［越後屋］から持ち帰った密書を吟味して、ごく一部を指し示したところ、大いに驚きはしたが、結局は納得をした。

そして勝山に向かった喜十と忠八だが、［大黒屋］に小女として入った女間者を三日間にわたり、監視している。

というのも、もしや大野城下に、まだ間者が残っているのであれば、必ずや女間者の元に異変を知らせるはずであったからだ。

だが、そんな気配はなかった。

そこで秘かに女間者を始末して、遺骸を山中に埋めたのちに戻ってきている。

こうして城下は、異変があったことも知らず、静かな日常に埋没していった。

だが、勘兵衛たちには、まだ終わりではなかった。

小康を保っているとはいうものの、藩主の病は、いまだ癒えない。

だから、若君が江戸へ戻る時期は未定であった。

その間に、たとえば定期連絡が途絶えたことを怪しんで、新たな敵が送り込まれてこないとは、かぎらないのだ。

そのために、［越後屋］や［梅むら］の見張りは続けなければならなかった。

その日、勘兵衛は非番の孫兵衛とともに、縣茂右衛門を訪ねることにした。

すでに茂右衛門の監視は、解かれている。

出がけに、ふと見ると、玄関先に小さな卵の殻が落ちていた。

勘兵衛は、思わず軒下を見上げた。

雛が生まれたのであろうが、下からは見えない。

(そうか……)

わけもなく、勘兵衛は明るい心映えになった。

茂右衛門は、折り目正しく孫兵衛と勘兵衛を迎えたが、わずかに酒の匂いがした。

「小太郎さんは」

と、勘兵衛が聞くと、

「はい。家塾へ」

と、茂右衛門は答えた。

(留守でよかった)

と、勘兵衛は思っている。

座敷に通されたあと、開口一番に、孫兵衛が言った。

「ところで、縣どのが裏書きをされた、お従兄どのの書状だが……」

「あ」

思わず茂右衛門が声をあげた。

そして、がっくりと頭を垂れた。

あれが目付の手に渡ったからには、もはやただではすむまい、と思ったのだろう。

孫兵衛が言う。

「あのような書状をもらえば、縣どのの心が揺らぐのも無理ないことと、その心情のほどは、よくよくわかってござる。ただ、あれが公となれば、縣どのも小太郎どのも死罪は免れぬ。それだけは、どうしても避けたい」

「は、死罪……、死罪と言われましたか」

茂右衛門が、怪訝そうな顔になった。

秋山兄弟を逃がすのが、それほどの罪かと思ったのであろう。

「ふむ。これは、他言は無用。未遂に終わらせましたが、縣どのは、若君暗殺の片棒をかつがされたのですぞ」

「えっ！」

茂右衛門は、見る見る蒼白になった。

「かの書状は、今、大目付さまの手にあって、その存在を知るのは大目付さまと我ら父子のみ。大目付さまの所存では、すべて内内にて終わらせたいとのお考えじゃ」

「ま、まことでございますか」

「うむ。ただなあ」

「…………」

「あまりに、大それたことゆえに、なかったことにするわけにはいかぬ、と大目付さまは言われる」

「それは、そうでございましょうな」

「とにかく、今すぐというわけではないが、ころ合いを見て致仕《ちし》を申し出れば、決して公にはせぬということだが、いかがじゃ」

「致仕でございますか」

「さよう。すでに、ご家族や妹御たちも大野を出られた。おそらくは、縣どのがくるのを待っておられるのではないか。文五郎からせしめた金で、当座の生活《くらし》も立とうと思うがな」

「はあ。ご厚情、まことに痛みいります。もちろん致仕の件も承知いたします」

「ふむ。納得をいただければ、我らも一安心だ。では、小太郎どのの元服の件を相談いたしましょうか」

「む……。かかる大罪に加担したにも関わらず……ま、まことでございますか」

「まことも、なにも、約束をいたしたではないか」

言うと、茂右衛門の目から、はらはらと涙がこぼれ落ちた。

そして元服の儀式は、きたる七月七日の七夕《しちせき》の夕に、清水町の屋敷でおこなわれることが決まった。

2

六月も半ばを過ぎると、梅雨が明けた。

いよいよ、本格的な夏を迎える。

今のところ、城下に新たな敵が侵入した気配はない。

軒下では、燕の雛が揃って大きく口を開き、親鳥の餌を待っている。

七月に入ってすぐのこと、知らぬ間に、燕の巣は空っぽになっていた。

巣立ちを迎えたのであろう。

このころ、勘兵衛の元には、嬉しい知らせが届いていた。

藩主、松平直良の病が癒えたという。

すでに、若君の江戸帰参の日取りも決まった。

七月十九日の先勝の日を選んで、新たな道程に決まった道中の本陣を押さえるために、各地に使者が出された。

蛇足ながら、若君参府の行列道中を、勝山まわりではなく、東条経由に変えたことは、以降、大野藩参勤の際にも引き継がれていくことになる。

まず勘兵衛は、江戸留守居役の松田に、若君帰参の旨を知らせると同時に、いよいよ最後の仕上げに取りかかった。

なんの前触れもなく、亀山城大手門から行列が出て、水落の道を辿り、牛ヶ原を通って坂戸峠を下っていったのは、七月五日のことであった。

そののち、城下には、若君出立の噂を積極的に流している。

たしかに、駕籠には直明が乗って、伊波家老や塩川たち、近習も付き添っての行列であったが、実はこの行列、予行演習も兼ねて、長らく二の丸屋敷に滞在していた若君の静養が目的であった。

若君一行は、行列道中最初の休息地に選ばれた、東郷村の豪商で漆実問屋の［田島屋］佐次兵衛《さじべえ》方で、三日ばかり滞在ののち、また亀山城に戻ってくることになっている。

もちろん源次右衛門たちも、秘かに若君周辺の警戒は怠らない。

だが、本来の目的は、以降に越後高田藩の間者が城下に潜り込んでいないか、の最終確認にほかならない。

若君出立の噂を流せば、必ずや、敵はそのあとを追うだろう。

花山番所、そして国境である計石村の警戒を厳しくすれば、怪しい者を選り分けることが可能なのだ。

いずれにせよ、大野城下から諜者を一掃することができる。

それを見込んでの策であった。

だが、それはやはり杞憂であったようだ。

若君の行列を追う、怪しい影は皆無であったのだ。

明日には若君一行が戻ってくる前日の七月七日、清水町の屋敷では厳《おごそ》かに縣小太郎の元服の儀式が執り行なわれた。

前髪を落とした小太郎は凜凜《りり》しく、顔は喜びに満ちあふれていた。

本来ならば幼名を捨て、新たな名乗りを烏帽子親の孫兵衛が与えるところ、小太郎の希望もあって名はそのままに据え置かれている。

茂右衛門は、何度も何度も孫兵衛に謝意を伝えたのち、風呂敷で運んできた一振りの刀を取り出して小太郎に、

「小太郎、父からの祝いじゃ。山城大掾國包《やましろだいじょうくにかね》、受け取るがよい」

「父上、わたしには、もったいのうございます」

「なにを言う。このわしも、元服の折に父上から贈られた刀ぞ。おまえが腰にしてこそ、ふさわしい。遠慮せずに受け取れ」

こうして大刀を引き継ぎ、茂右衛門はさばさばした表情で祝い酒を飲み、また何度も礼を繰り返したのちに帰っていった。

3

翌朝のことである。

まだ早朝のうちに、縣小太郎がやってきた。

「なに、小太郎が。はて……。で、用向きのほどは？」

取次にきた用人に、孫兵衛が問うと、

「ご本人さまに申し上げる、というばかりにて」

望月が困惑顔で言う。

「父上、わたしが出ましょう」

勘兵衛が、玄関に向かった。

すると小太郎は、玄関の三和土《たたき》に片膝をついて、

「昨日は、まことにありがとうございました」

まずは、礼を述べてきた。

「うむ。それより、どうした。なんぞあったか」

「は」

小太郎は顔を上げ、まっすぐに勘兵衛を見つめながら、つぶやくような声で言った。

「我が父、自死してございます」

「なに、今なんと言うた」

「はい。父が起きてこぬゆえ、寝所に入りましたら、切腹して果てておりました。まずは、烏帽子親さまに知らせるのが筋かと思い、かく罷《まか》りこしました」

「なんと……」

勘兵衛は絶句した。

それにしても、取り乱さず、うろたえもしない小太郎の健気《けなげ》さは見事だ、とも、勘兵衛は思った。

「それは、思いもよらぬこと。よし、おまえは先に屋敷に戻っていろ。わたしは父を連れて、すぐにまいるほどにな。ところで、縣家の菩提寺は、いずこであったかな」

「はい。祖父母の墓は、法蓮寺《ほうれんじ》にございます」

「そうか、では、通夜や葬儀の手続きも、我らにまかせておけ。いや、それにしても思いがけぬこと……。まことに気の毒であったな」

「はい」

くしゃっと歪みかけた顔を、懸命にこらえた小太郎は、

「では、ご厄介をおかけいたしますが、なにとぞ、よしなにお取りはからいくださいますよう、お願い申し上げます」

立派に口上を述べて、戻っていった。

そして、そのことを孫兵衛に告げると、

「なんと……」

孫兵衛も絶句したあと、しばらくして、

「そうか。腹を召したか。最後は武士《もののふ》らしく決着をつけたのだな」

つぶやくように言うと、望月を呼んだ。

法蓮寺に、向かわせたのである。

この日、勘兵衛が縣茂右衛門の通夜や葬儀の手配を終えて、一旦、帰宅をしたところに斧次郎が尋ねてきた。

「そうか。若君は、無事にお城に帰着したのだな」

「はい。これは、お頭さまからの伝言でございますが」

「うむ」

「若君ご出立まで、あと十日ばかり、もはや、ゆゆしきことも起こるまいから、大野を離れる所存と申しております」

「そうですか。いや、長期にわたって、まことにありがとうございました、とお伝えしてくれ」

「承知いたしました。で、ご長男さま、ご次男さまは江戸へ戻りますが、お頭さまと俺は、このまま越後高田へと向かいます」

「なに、越後高田へか」

「はい。越後高田のやりよう、許しがたし、と申されて、そのこと、江戸留守居役さまにもお伝えください、とのことでございました」

「ふうむ。そうか」

一泡吹かせようと、いうのだろうか。

「つきましては」

言って、一通の書状を斧次郎が差し出した。

「これは……」

「はい。江戸留守居さまへの、お頭さまからの書状でございます。ご長男さまに家督を譲り、お頭さまは隠居をなさる、というような内容だとか」

（こりゃ、そうとうな覚悟だな）

と、勘兵衛は思いつつ、

「わかった。必ず松田さまにお渡しする。おまえも達者で暮らせよ。また会うこともあろう」

「はい。では、これにて」

斧次郎は爽やかに去っていった。

4

参列者も少ない葬儀であったが、孫兵衛に勘兵衛、それに望月に八次郎もくわわって、縣茂右衛門の葬儀は終わった。

火葬ののち埋葬された、法蓮寺の真新しい白木の卒塔婆《そとば》に向かって手を合わせたのち、勘兵衛は傍らに立つ小太郎に話しかけた。

「小太郎。これから、どうする」

「はい。屋敷の片づけがすんだならば、父が約束いたしましたとおり、致仕の願いを出しまする」

「ふむ。その約束のこと、お父上から聞いたのか」

「いえ。遺書に書いてございました」

「そうか……。で、その後は、どうする所存だ」

「弟や妹もおりますゆえ、とりあえずは、江戸へ……と考えております」

「そうであったな。そうか、江戸へ出るか」

「はい」

「では、どうだろう。この十九日には、俺も江戸へ帰る。一緒に行かぬか」

「え、よろしゅうございますか」

「よろしいも、なにも、我が親父どのは、おまえの烏帽子親ではないか。されば、おまえは俺にとっては弟も同然であろう」

「いや、思いもかけぬ、おことば……」

小太郎は、声を途切れさせている。

「では、日数もなく、多忙なことであろうが、いつにてもかまわぬから、なにか相談ごとがあれば、俺を訪ねてこい」

「はい。ありがとうございます」

そして清水町への帰り道、孫兵衛が含み笑いしながら勘兵衛に尋ねてきた。

「おまえ、江戸にて小太郎の面倒を見るつもりか」

「そこまでは、考えておりませんが、不案内の江戸にて、家族にも会わせてやりたいし……」

「それだけかのう」

「まあ、今後の身の振り方についても、相談に乗ってやりたいと思います」

「ふうん」

孫兵衛は、少し首を傾げたあと、

「わしには、おまえが、あの小太郎のことが、よほどに気に入っているように見えるがなあ」

と言った。

勘兵衛は、実は……と出かかったことばを飲み込んでいる。

まだ漠然とだが勘兵衛は、小太郎にその気があって、上司の松田さえ許してくれるのなら、小太郎を自分の若党に、とも考えていたのである。

だが、八次郎がいるこの場で言えば、おそらく八次郎がふくれよう。

いちばん最初に相談すべきは、八次郎だと思ったのだ。

（いずれにしても……）

軒下の子燕の巣立ちは見損なったが、小太郎の巣立ちは、この目で確かめたいものと勘兵衛は思っていた。

見上げた空は快晴で、夏の光に満ち満ちていた。

［筆者註］

本稿の越前大野の地理に関しては、享保八年（一七二三）に作成された「大野町浮地絵図（仮題）」並びに「大野の歩み」（大野市教育委員会編）を参考にいたしました。

時代小説
二見時代小説文庫

蠱毒《こどく》の針《はり》 無茶《むちゃ》の勘兵衛《かんべえ》日月録《じつげつろく》14

著者 浅黄《あさぎ》 斑《まだら》

発行所 株式会社 二見書房
東京都千代田区三崎町二-一八-一一
電話 〇三-三五一五-二三一一［営業］
〇三-三五一五-二三一三［編集］
振替 〇〇一七〇-四-二六三九

印刷 株式会社 堀内印刷所
製本 ナショナル製本協同組合

落丁・乱丁本はお取り替えいたします。
定価は、カバーに表示してあります。

 ISBN978-4-576-12021-8
http://www.futami.co.jp/

山峡の城 無茶の勘兵衛日月録
浅黄 斑[著]

藩財政を巡る暗闘に翻弄されながらも毅然と生きる父と息子の姿を描く著者渾身の感動的な力作！本格ミステリ作家が長編時代小説を書き下ろし

火蛾《かが》の舞 無茶の勘兵衛日月録2
浅黄 斑[著]

越前大野藩で文武両道に頭角を現わし、主君御供番として江戸へ旅立つ勘兵衛だが、江戸での秘命は暗殺だった……。人気シリーズの書き下ろし第2弾！

残月の剣 無茶の勘兵衛日月録3
浅黄 斑[著]

浅草の辻で行き倒れの老剣客を助けた「無茶勘」こと落合勘兵衛は、凄絶な藩主後継争いの死闘に巻き込まれていく……。好評の渾身書き下ろし第3弾！

冥暗《めいあん》の辻 無茶の勘兵衛日月録4
浅黄 斑[著]

深傷を負い床に臥した勘兵衛。彼の親友の伊波利三は、ある讒言から謹慎処分を受ける身に。暗雲が二人を包み、それはやがて藩全体に広がろうとしていた。

刺客の爪 無茶の勘兵衛日月録5
浅黄 斑[著]

邪悪の潮流は越前大野から江戸、大和郡山藩に及び、苦悩する落合勘兵衛を打ちのめすかのように更に悲報が舞い込んだ。大河ビルドンクス・ロマン第5弾

陰謀の径《みち》 無茶の勘兵衛日月録6
浅黄 斑[著]

次期大野藩主への贈り物の秘薬に疑惑を持った江戸留守居役松田と勘兵衛はその背景を探る内、迷路の如く張り巡らされた謀略の渦に呑み込まれてゆく……

報復の峠　無茶の勘兵衛日月録7
浅黄斑［著］

越前大野藩に迫る大老酒井忠清を核とする高田藩と福井藩の陰謀、そして勘兵衛を狙う父と子の復讐の刃！正統派教養小説の旗手が贈る激動と感動の第7弾！

惜別の蝶　無茶の勘兵衛日月録8
浅黄斑［著］

越前大野藩を併呑せんと企む大老酒井忠清。事態を憂慮した老中稲葉正則と大目付大岡忠勝が動きだす。藩御耳役・勘兵衛の新たなる闘いが始まった……！

風雲の谺《こだま》　無茶の勘兵衛日月録9
浅黄斑［著］

深化する越前大野藩への謀略。瞬時の油断も許されぬ状況下で、藩御耳役・落合勘兵衛が失踪した！正統派教養小説の旗手が着実な地歩を築く第9弾！

流転の影　無茶の勘兵衛日月録10
浅黄斑［著］

大老酒井忠清への越前大野藩と大和郡山藩の協力密約が成立。勘兵衛は長刀「埋忠明寿」習熟の野稽古の途次、捨子を助けるが、これが事件の発端となって…

月下の蛇　無茶の勘兵衛日月録11
浅黄斑［著］

越前大野藩次期藩主廃嫡の謀略が進むなか、勘兵衛は大目付大岡忠勝の呼び出しを受けた。藩随一の剣の使い手勘兵衛に、大岡はいかなる秘密を語るのか…！

秋蜩《ひぐらし》の宴　無茶の勘兵衛日月録12
浅黄斑［著］

越前大野藩の御耳役・落合勘兵衛は祝言のため三年ぶりの帰国の途に。だが、待ち受けていたのは五人の暗殺者……！苦闘する武士の姿を静謐の筆致で描く！

斬刃乱舞 天下御免の信十郎6
幡大介［著］

将軍の弟・忠長に与えられた徳川の〝聖地〟駿河を巡り、尾張、紀伊、将軍の乳母、天下の謀僧・南光坊天海ら徳川家の暗闘が始まった！ 血わき肉躍る第6弾！

空城騒然 天下御免の信十郎7
幡大介［著］

将軍上洛中の江戸城。将軍の弟・忠長抹殺を策す徳川家内の暗闘が激化。大御台お江与を助けるべく信十郎の妻にして服部半蔵三代目のキリが暗殺者に立ち向かう！

疾風怒濤 天下御免の信十郎8
幡大介［著］

将軍家光の世、オランダが台湾を占拠、威力偵察に出帆した長崎奉行所の御用船がオランダ要塞に拿捕された。秀吉の遺児・波芝信十郎はこの危機を突破できるか！

公家武者 松平信平《のぶひら》 狐のちょうちん
佐々木裕一［著］

後に一万石の大名になった実在の人物・鷹司松平信平。紀州藩主の姫と婚礼したが貧乏旗本ゆえ共に暮せない。町に出ては秘剣で悪党退治。異色旗本の痛快な青春

姫のため息 公家武者 松平信平2
佐々木裕一［著］

江戸は今、二年前の由比正雪の乱の残党狩りで騒然。背後に紀州藩主頼宣追い落としの策謀が……。まだ見ぬ妻と、舅を護るべく公家武者の秘剣が唸る。

四谷の弁慶 公家武者 松平信平3
佐々木裕一［著］

千石取りになるまで、妻の松姫とは共には暮せない信平。だが今はまだ百石取り。そんな折、四谷で旗本ばかりを狙い刀狩をする大男の噂が舞い込んできて……。

はぐれ同心 闇裁き　龍之助江戸草紙

喜安幸夫［著］

時の老中のおとし胤が北町奉行所の同心になった。女壺振りと島帰りを手下に型破りな手法と豪剣で、悪を裁く！ワルも一目置く人情同心が巨悪に挑む新シリーズ

隠れ刃　はぐれ同心 闇裁き2

喜安幸夫［著］

町人には許されぬ仇討ちに人情同心の龍之助が助っ人。敵の武士は松平定信の家臣、尋常の勝負はできない。〝闇の仇討ち〟の秘策とは？大好評シリーズ第2弾

因果の棺桶　はぐれ同心 闇裁き3

喜安幸夫［著］

死期の近い老母が打った一世一代の大芝居が思わぬ魔手を引き寄せた。天下の松平を向こうにまわし龍之助の剣と知略が冴える！大好評シリーズ第3弾

老中の迷走　はぐれ同心 闇裁き4

喜安幸夫［著］

百姓代の命がけの直訴を闇に葬ろうとする松平定信の黒い罠！龍之助が策した手助けの成否は？これぞ町方の心意気、天下の老中を相手に弱きを助けて大活躍！

斬り込み　はぐれ同心 闇裁き5

喜安幸夫［著］

時の老中の家臣が水茶屋の妓に入れ揚げ、散財しているという。極秘に妓を〝始末〟するべく、老中一派は龍之助に探索を依頼する。武士の情けから龍之助がとった手段とは？

槍突き無宿　はぐれ同心 闇裁き6

喜安幸夫［著］

江戸の町では、槍突きと辻斬り事件が頻発していた。奇妙なことに物盗りの仕業ではない。町衆の合力を得て、謎を追う同心・鬼頭龍之助が知った哀しい真実！

居眠り同心 影御用 源之助人助け帖

早見俊［著］

凄腕の筆頭同心がひょんなことで閑職に……。暇で暇で死にそうな日々に、さる大名家の江戸留守居から極秘の影御用が舞い込んだ。新シリーズ第1弾！

朝顔の姫 居眠り同心 影御用2

早見俊［著］

元筆頭同心に御台所様御用人の旗本から息女美玖姫探索の依頼。時を同じくして八丁堀同心の不審死が告げられた。左遷された凄腕同心の意地と人情。第2弾！

与力の娘 居眠り同心 影御用3

早見俊［著］

吟味方与力の一人娘が役者絵から抜け出たような徒組頭次男坊に懸想した。与力の跡を継ぐ婿候補の身上を探れ！「居眠り番」蔵間源之助に極秘の影御用が…！

犬侍の嫁 居眠り同心 影御用4

早見俊［著］

弘前藩御馬廻り三百石まで出世した、かつての竜虎と謳われた剣友が妻を離縁して江戸へ出奔。同じ頃、弘前藩御納戸頭の斬殺体が江戸で発見された！

草笛が啼《な》く 居眠り同心 影御用5

早見俊［著］

両替商と老中の裏を探れ！北町奉行直々の密命に居眠り同心の目が覚めた！同じ頃、母を老中の側室にされた少年が江戸に出て…。大人気シリーズ第5弾

同心の妹 居眠り同心 影御用6

早見俊［著］

兄妹二人で生きてきた南町の若き豪腕同心が濡れ衣の罠に嵌まった。この身に代えても兄の無実を晴らしたい！血を吐くような娘の想いに居眠り番の血がたぎる！

二見時代小説文庫

水妖伝 御庭番宰領

大久保智弘［著］

信州弓月藩の元剣術指南役で無外流の達人鵜飼兵馬を狙う妖剣！ 連続する斬殺体と陰謀の真相は？ 時代小説大賞の本格派作家、渾身の書き下ろし

孤剣、闇を翔ける 御庭番宰領

大久保智弘［著］

時代小説大賞作家による好評「御庭番宰領」シリーズ、その波瀾万丈の先駆作品。無外流の達人鵜飼兵馬は公儀御庭番の宰領として信州への遠国御用に旅立つ！

吉原宵心中 御庭番宰領3

大久保智弘［著］

無外流の達人鵜飼兵馬は吉原田圃で十六歳の振袖新造・薄紅を助けた。異様な事件の発端となるとも知らずに……ますます快調の御庭番宰領第3弾

秘花伝 御庭番宰領4

大久保智弘［著］

身許不明の武士の惨殺体と微笑した美女の死体。二つの事件が無外流の達人鵜飼兵馬を危地に誘う…。時代小説大賞作家が圧倒的な迫力で権力の悪を描き切った傑作！

無の剣 御庭番宰領5

大久保智弘［著］

時代は田沼意次から松平定信へ。鵜飼兵馬は有形から無形の自在剣へと、新境地に達しつつあった……時代小説の新しい地平に挑み、豊かな収穫を示す一作

妖花伝 御庭番宰領6

大久保智弘［著］

剣客として生きるべきか？ 宰領（隠密）として生きるべきか？ 無外流の達人兵馬の苦悩は深く、そんな折、新たな密命が下り、京、大坂への暗雲旅が始まった。